홀로 별이 될 수 없기에

동인 시집을 준비하던 2019년 8월 '한영' 동인의 발병 소식이 전해졌고, 우리는 시집 발간을 더욱 서둘렀다. 그러나 1차 교정본이 나오던 시간 선배이자 친구였던 동인은 사경을 헤매고 있었고, 2020년 2월 10일 안타까운 소식을 전하고 말았다. '들불' 이름으로 된 시집을 그토록 원했던 고인에게 이 동인 시집을 바친다.

홀로 별이 될 수 없기에

1판 1쇄 펴낸날 2020년 4월 10일
지은이 들불 동인
펴낸이 이재무
책임편집 차성환
편집디자인 민성돈, 장덕진
펴낸곳 (주)천년의시작
등록번호 제301-2012-033호
등록일자 2006년 1월 10일
주소 (03132) 서울시 종로구 삼일대로32길 36 운현신화타워 502호
전화 02-723-8668
팩스 02-723-8630
홈페이지 www.poempoem.com
이메일 poemsijak@hanmail.net

ⓒ들불 동인, 2020, printed in Seoul, Korea

ISBN 978-89-6021-481-1 03810

값 10,000원

홀로 별이 될 수 없기에

들불 동인

들불 37년······ 동인지를 엮으며

시작은 고등학교 교지였다. 교지 문예 부문에 실린 작품들은 우리가 쓴 것들이었는데 학년과 반을 넘어 비슷한 꿈을 꾸는 또래를 확인하는 계기가 되었다. 비슷한 DNA를 확인한 뒤로 우리의 발걸음은 빨랐다. 문학으로 인간을 구원하겠다는 거창한 포부까지는 아닐지라도 문학을 계속하자는 데 의기투합하여 〈해성문학회〉라는 이름으로 서툰 만남을 시작하였다. 진학과 취업 등으로 삶의 터전이 달라졌음에도 불구하고, 시 낭송회와 시화전, 작품집 발간 등 꽤 오랫동안 처음의 열정을 이어갔다.

이후 〈들불 동인〉으로 이름을 바꾸면서 한 걸음 도약하는 계기를 만들었다. 들불이라는 이름은 정인섭 시인께서 제안한 이름인데, 팔십 년 오월 광주의 '들불야학'에서 따온 명칭이었다. 들불이라는 이름의 뜨거움만큼 학교라는 울타리를 벗어나 세상과 인간에 대한 고민을 좀 더 깊게 하는 계기가 되었다. 사는 곳도 사는 방식도 서로 다를지언정 〈들불 동인〉이라는 이름은 문학에 대한 관심과 애정에서는 변하지 않는 나침반 역할을 해주었다.

그렇다고 항상 같은 방향으로 달려온 것만은 아니다. 현실을 바라보고 받아들이는 방식과 문법이 서로 달라 치열한 토론이 싸움 직전까지 간 적도 많았다. 상징하는 방식과 비유법이 달라 동인이라는 이름이 적합한가 생각한 적도 있었다. 각기 다른 삶의 현장에서 맞닥뜨리는 관심사가 달라질수록 서로 멀어지기도 했지만, 역설적이게도 서로 다른 작품과 소재는 서로를 이해하는 도구가 되기도 하였다. 그렇게 우리는 다름 속에서 같음을 찾아 삼십 년이 넘는 세월을 이어오고 있다.

음정도 박자도 모두 다르지만 우리에게 항상 같음을 확인하는 한 단어는 사람이다. 풍기는 몸 냄새도 눈빛도 서로 다르지만 사람을 향한 뜨거움은 신기하게도 비슷하다. 앞으로 가든 뒤로 가든 항상 걷는 방향은 사람이었다고 자신 있게 말하고 싶다. 이제 여섯 명의 중년 남자가 그동안 자기들끼리 치고받으며 쌓아온 작은 결과물을 세상에 내놓는다. 비록 성이 차지 않을지라도 여섯 명 각자의 사람 얘기를 보여 주고자 한다. 여섯 가지 요리를 맛보는 것처럼 한번에 드셔도 좋고 하나씩 나눠 드셔도 좋다.

2020년 봄
들불 동인 일동

차 례

김영우

05

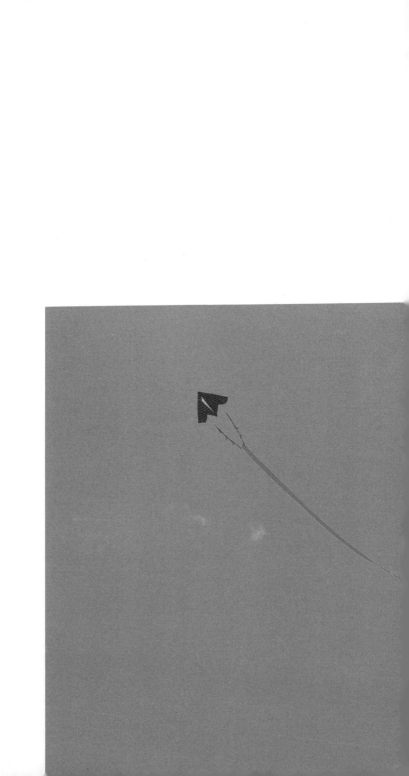

01

강성일 전주 해성고 18회 졸업. 산을 오르내리고 길거리를 걸으며 이것저것 기웃거리는 것, 그리고 음식을 만들어 먹는 걸 즐긴다. '인생은 속도가 아니라 방향'이라는 생각을 가지고 있지만 아직도 '방향'은 찾지 못하고 '방황'만 찾은 듯. 이 방황을 끝내기 위한 여행의 버킷 리스트를 작성 중.

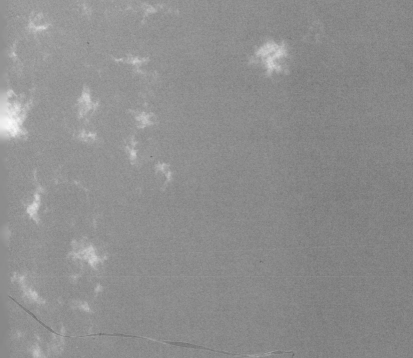

튀밥집

대형마트에서 만나지 못했던 그리운 얼굴들
구수한 콩 볶는 냄새 나는 튀밥집에서 만났네
가끔씩 터지는 축포 연기 속에
무뎌지기만 했던 내 신경세포들 겨울잠을 깨고
긴 나무 의자에 앉은 주름진 얼굴마다
저만치 서성거리던 봄꽃들이 성큼 피어나고 있었네

SNS에서 듣지 못했던 정겨운 이야기들
고소한 참깨 냄새 물씬 묻어나는 기름집에서 만났네
동네 골목길에서 말뚝박기하던 친구들이랑
고무줄놀이에 인형을 업고 다녔던 계집아이들
깨 껍질 뱉어내며 병 속에 방울져 떨어지는
참기름 속에 다 모여있었네

내 심장을 다시 뛰게 하는 튀밥집 축포 소리여
막혔던 내 코를 다시 열게 하는 기름 냄새여
살아오면서 그리운 얼굴들, 정겨운 이야기들
죄다 잃어버리고
그러고도 분실물 센터조차 기웃거리지 못했던

딱한 내 삶이여

이른 봄 남부시장 구석진 튀밥집에서
콩 볶는 냄새와 튀밥 터지는 소리
어느새
내 유년의 고달프기도 즐겁기도 한 정겨운 기억들
실타래 헤치듯 한 가닥 두 가닥
쉴 새 없이 풀어내고 있었네
모두 찾을 수 있었네
모두 만날 수 있었네.

결석結石

몸속의 6mm짜리 돌멩이
밤새 열이 오르며 식은땀이 나고
옆구리가 끊어질 듯 아프다

새벽 응급실에서 주삿바늘을 꽂으며
링거 수액 주머니에서
어머니의 얼굴을 보았다
3.2kg 핏덩이를
아홉 달 몸속에 지니셨던 당신
내 몸속의 돌멩이는
그냥 요로에 가만히 걸려 있을 뿐인데
나는 얼마나 당신 몸속에서
발길질을 하고 꼼지락거렸던가
나는 얼마나 당신 입맛을 괴롭혔던가
나는 얼마나 당신 밤잠을 뒤집으며
쉰내 나는 땀을 쏟아지게 했던가

첫새벽 응급실 침상 한구석에서
뜨거운 몸뚱어리가 뒤척이고 있다

한 방울 두 방울 떨어지는 수액을 바라보면
당신은 아직도 방울져 스며들어
내 몸 구석구석을 돌아다니고
계신 듯하다.

스캔들

눈이 부시더라도 제대로 쳐다봐야지

그 눈부심 속에
그동안 우리가 놓쳐 버린 시간이 있을 거야
눈을 뜨지 못하고 막막해하는 동안
그들은 오른손을 왼손으로
또 왼손을 오른손으로
슬쩍 바꿔치기할 거야
그래, 그런 일이 한두 번이었겠니
우리가 고개를 똑바로 들지 못하고
잠시 외면하는 사이
그 현란한 빛에 어지럼증을 느끼는 찰나
그들은 수많은 가지를 잘라내고
또 없는 가지를 억지로 가져다 붙였을지 몰라
그런 일들은 늘상 있었던 일이었을 거야
시곗바늘이 한 치 오차도 없이 움직이듯이
지하철 객차가 정확하게 제 위치에 멈춰 서듯이
지폐 계수기가 오만 원권 100장을 순식간에 세듯이
아무렇지도 않게

있어온 일일 거야
우리가 눈부신 햇빛을 두 손으로 가리는 사이
그들은 더 큰 빛을 주머니 속에
몰래 깊숙이 넣어버렸을 거야
아무도 감히
그 사실을 알아차리지 못했을 때
그들은 살짝 고개를 돌려 웃음 한 번 짓고는
아무 일 없었던 것처럼
다시 태연히 고개를 제자리로 돌려 세우고 있겠지

그래, 그러니까
눈이 부시더라도 제대로 쳐다봐야지.

다슬기를 까며

초여름 밤
양푼에 수북이 쌓아놓은
다슬기 속에는
피리 떼가 보인다
나는 그 피리 떼 쫓아 미끈거리는 샛강 바닥을
은어처럼 유영하고
허벅지를 간질이던 물살도 잊은 채
하나둘 건져 올리던 유년의 기억들

그 기억들 수북이 쌓아놓고
밤늦도록 껍데기 돌려 가며
살점을 빼낼 때마다
탱자나무 가시 냄새 따라
친구들 얼굴 하나둘 떠오르고
어머니의 잔잔하던 말씀은
긴 어둠의 껍데기 속에서 빠져나와
내 가슴에 공명되어 쩌렁쩌렁 울린다

다슬기를 까며

유년 시절 샛강 물 흐르는 소리 듣는다
강 건너 딱딱거리는 새소리 듣는다
그 샛강 거슬러 올라가며 아픈 허리 펴고
고개 들어 바라보던 미리내
그곳에도 다슬기가 살고 있을까
잠시 생각이 유성처럼 스쳐 지나가면
친구들의 얼굴도 어머니의 말씀도
다시 강바닥에서 곰지락곰지락 기어오르고
수북이 쌓여 가는 빈 다슬기 껍데기처럼
구불구불 골 파인 내 인생의 골짜기도
점점 흘러 샛강으로 모여들고 있었다.

꽃가루, 그 초미세의 사랑에 대하여

꽃은 아름다우면서 향기를 가지고 있지
꿀도 지니고 있지
사람을 위해서일까
아니지 벌과 나비를 모시기 위해서이지
그래 꽃의 가루는 엄숙한 결합을 위해
벌과 나비와 바람을 맞아들이지
어떤 꽃은 예쁘지도 않고
향기와 꿀도 없지
그래서 자신이 피었는지 안 피었는지조차 모르지
하지만 바람은 알지
그들이 얼마나 가슴 설레며 때를 기다리는지를
또 얼마나 치열하게 간극 속을 파고드는지를
그래, 바람은 꽃가루와 사랑스런 동행을 하지
꽃가루의 공기주머니를 날려 멀리멀리 날게 하지
자작나무 한 그루에 매달린
수천 가닥의 수꽃이여
자작나무 수꽃 한 가닥에 매달린
수백만 개의 사랑 덩어리여
꽃가루의 엄숙한 신행新行이여

국경이 아닌 대륙을 뛰어넘는 사랑이여
그대의 가벼움이 결코 가벼운 사랑이 아님을
그대의 내려앉음이 결코 무심한 선택이 아님을
우리 은하계 속의 녹색 티끌 같은
초미세 땅덩어리는 말하고 있나니

봄날 하늘 가득한 미세먼지를 뚫고
날아오르는 연어 떼 같은 처절한 사랑이여.

나는 왕이로소이다

나의 혀는 그대들이 감히 흉내 내지도 못하는
벌거벗은 언어마저도 휘황찬란하게 만드는
백주 대낮에 기고만장하게 드러내는 무기
그대들은 내 혀 앞에 홀린 듯 모여
그저 고개를 우러르며 나를 숭상할지어니
나의 이름 앞에 그대들 어느 누구도
불손하게 나를 거론하거나
불쑥 일어서지는 못할지어다

나의 몸은 그대들의 손길을 기다리는 옥체
밤마다 나의 침실로 미끄러지듯 들어와
나를 편안케 하고 위안을 줄지어니
그대의 정성 어린 손놀림이 나를 즐겁게 희롱하면
그대들은 더 높은 무대 위에 오르고
더 찬란한 빛을 받을지어니
감히 나의 부름을 거절치 못할지어다

나의 혀와 몸은
그대들에게 축복을 내리는
나의 천재성이 하사下賜하는 성령의 손길
내 앞에 침묵하고

나의 무기 앞에 고개 들지 못하는 자
그것을 수치스럽게 여기지 말고
심지어는 자랑스러워 해야 마땅하거늘

나의 혀와 손길은
우리들만의 향연에서 거역지 못할 불문율이 되고
모두가 즐거워해야 하고 따라 해야 할 전범典範이거늘
너희들은 이런 용기가 있느냐
나의 이러한 무기도 못 보면서
무슨 혀를 나불거리느냐
무슨 손짓 몸짓을 해대느냐

오늘도 어제와 같이
나의 혀는 그대들의 뺨을 쓸어내리고
나의 손길은 치마 속으로 들어가
그대들의 허벅지를 더듬어야 하느니
어느 누구도 나의 신성한 혀를 모욕지 말라
어느 누구도 나의 고귀한 손길을 거부하지 말라

나는 왕이로소이다.

나는 촛불을 보면 걷고 싶어진다

플라타너스 가로수 마른 잎이
도로 위에 쌓일 때
나는 광장의 촛불을 보았습니다
보일 듯 보이지 않는 듯 희미하기만 했던
옛사랑의 그림자가 다시 나타나기 시작하더군요
실핏줄 갑자기 툭툭 돋아나듯이
여기저기서 촛불들이 소리 없이 켜지더군요
켜지더군요 나의 탄식이 너의 분노로 불붙어
켜지더군요 너의 분노가 우리들의 외침으로 번져
켜지더군요 우리들의 외침이 광장의 촛불로 일렁이며
이글거리더군요

촛불을 보면
나는 우리가 한때 불렀던 노래가
별똥별이 되어 떨어진 그 거리를
다시 걷고 싶어지더군요
그때처럼 두렵지는 않지만
아직도 부끄러운 그 무엇인가가 되어
걷고 싶어지더군요 물대포의 거센 물줄기를 거슬러

걷고 싶어지더군요 유모차를 끌고 한 걸음 두 걸음
내딛고 싶어지더군요 노란 리본을 하나둘 엮어 이어가며
걷고 싶어지더군요 앉아있는 소녀상 손잡고 일어나 함께
걷고 싶어지더군

나는 촛불을 보면 걷고 싶어지더군요
다시는 돌아오지 않을 겨울 속으로
그 겨울을 지나서
다시는 돌아오지 않을 어둠 속으로
그 어둠을 지나서
다시는 켜지지 않아야 할 촛불을 들고
걷고 싶어지더군요.

궁금똥

똥을 많이 누었다
지방 소도시에서
조그만 학교 선생으로 살아가는 나
먹은 것도 별로 없는데
꾸역꾸역 매일 아침마다
화장실에서 나는 똥을 눈다
똥을 누며 똥을 생각한다

나는 갑자기 그들의 화장실이 궁금해졌다
여의도 화장실에서는 정말로 똥이
막말처럼 쏟아져 내리는 걸까
서초동 화장실에서는 정말 똥이
다른 똥들과 은밀하게 거래를 하며 쌓이는 걸까
심지어 광화문광장 공중화장실도 궁금해졌다
그곳에서는 똥에도 태극기와 성조기가 새겨져 있는 것일까
좀 더 자극적인 냄새가 궁금해졌다
그래 막강한 똥파리들이 윙윙대는 화장실로 발길이 향한다
광화문 우체국 앞 건물의 화장실에서는
간단하게 간을 보고

청계광장을 거쳐 코리아나 호텔 옆 화장실에서
기레기들의 똥을 보았다
옵셋 잉크를 먹은 똥은 황금빛 쾌변보다 더 눈부시다
이에 비례해 냄새 또한 말로 표현할 길이 없다
오직 그들 기레기들만의 혀로 치장될 수 있을 듯싶다
코를 막고 덕수궁 대한문 앞을 거쳐 서소문로에 있는 화장
실에 들렀다
아 그곳에서는 똥이 펜촉처럼 떨어지다가
덜퍼덕 깨져 주저앉는구나

그래 서울은 대도시여서 먹은 것이 많은지
시도 때도 없이 여기저기서
똥이 마구마구 쏟아져 나오는구나
한강에 두둥실 똥 덩어리들 잘도 떠가는구나
개똥도 약에 쓰려면 없다고 하는데
여긴 똥이 넘쳐 나는구나
고로 똥개들이 득실득실하구나.

버마재비의 오후

가을 오후의 햇살이
너무 길게 창가에 걸려 있다
너는 그 햇살에 긴 목이 감겨
좌우를 두리번거리며 어쩔 줄 몰라 한다
너보다 긴 그림자는 항상 너를 감시하는 듯
네가 움직일 때마다 너를 멀리서 따라 움직인다
시간이 지날수록 그 빛깔은 점점 짙어만 가고
너의 발걸음은 망설임에 항상 제자리다

유리창에 부서지는 오후의 파편들이
너의 날개에 날아와 박힌다
날 수 없는 날개를 짐처럼 지고
둔한 몸짓으로 앞다리를 들고 기도하는 너
머리 위의 더듬이는 떨리고
가을 햇살이 눈부신 긴 복도의 한가운데
너의 날카로운 가시 갈고리는 외롭고
위장된 네 몸빛에 속아줄 이 없는 공간에 갇혀
너는 눈부시게 두리번거린다

언제나 눈에 띄는 듯 외로운 너
스쳐 지나가는 많은 발걸음들의 질시와 위협 속에
불안하게 사위를 응시하며
차가운 시멘트 긴 복도 위에 몸을 옮겨 놓는 너
너의 흔적은 어디에도 없다
아니, 너의 몸 둘 곳은 어디에도 없다.

미안한 나

숲길에 들어서면
거미야, 미안하구나
땡볕에서 치밀하게 건설한
네 생존의 절박한 구조물을
나는 무참히 걷어치우고 지나가 버렸으니

더 호젓한 산등성이 숲길에선
멧돼지야, 미안하구나
새끼들을 이끌고 이른 아침 산책을 즐기던
너의 즐거움을
저 아래 농가에까지는 내려오지 않는 너를
나는 눈치도 없이 시끄러운 등산화 발소리로 내쫓아 버렸으니

한 줄기 빛조차 휘황찬란한
이름 모를 나무 빽빽한 하산 길에서
겨울을 준비하며 두리번거리는 다람쥐야,
쭉쭉 줄기 뻗어나가는 칡넝쿨아,
내 몸뚱이를 휘청대게 하는 돌이끼야, 미안하구나
일상의 가장 소박한 안식을 누리고 있는 너희들을

발길질하고 손 마구 휘저으며 살아온 나의 교만함이
너희들을 절박함의 불안한 낭떠러지로 몰고 갔으니
나의 우둔함이 너와 함께하지 못하고
너와 더불어 어깨 기대지 못하고
앞만 보고, 그저 높은 곳만 바라보고
숨 가쁘고 거칠게만 살아온 나의 이기심이
부끄럽구나 이것들아,
그래서 더욱 미안하구나.

외할머니의 씨앗

외할머니 집 고치던 날
마루 밑 비료 부대에 담겨 있던 씨앗
다른 것 다 불길에 던져져
지난 세월처럼 긴 연기 남기고 사라져가던 날
"아가, 그 씨앗 버리믄 안 된데이"
외할머니는 손사래 치며 쉰 소리를 내시고
오직 그 씨앗
불길 속 바알갛게 이글거리던 숯불같이
외할머니 곁에 남아 살아 숨 쉬었네

외할머니 당신 옷가지 태우던 날
마루 밑 소쿠리에 담겨 있던 씨앗
다른 것 다 불길에 던져져
이 세상과 연기처럼 작별을 하던 날
"엄니는 돌아가실 때도 씨앗은 가지고 가실 것이고만"
지난날 자식들의 말곁처럼
오직 그 씨앗
다시 외할머니 머리맡에 놓여져
그렁그렁 눈물처럼 빛나고 있네.

어머니 전 상서

어머니, 죄송합니다
어린 시절 한여름 호박 따 오라시던
그래서 수제비 정성스레 끓여 주시던 당신의 말씀을
짜증 내고 툴툴거리며 받던 내 모습을,
집 앞 마트에 가 국수 사 오라는 심부름을
우리 아이들 시원한 에어컨 바람 벗어나기가 싫다며
배달의 민족은 왜 있느냐고
볼멘소리 궁시렁대는 모습에서 다시 만나게 되네요

어머니, 죄송합니다
한여름 밤 평상 옆에 모깃불 피워 놓고
부채 부치며 들려주시던
당신 어린 시절이며
돌아가신 외할아버지 이야기가 그리운데
나의 아이들은 부채질도 모깃불도
필요 없는 푹신한 소파에 누워
나의 어린 시절 이야기며 당신 추억을 들려줘도
손에 든 스마트폰에만 빠져 귀를 닫네요

어머니, 죄송합니다
이른 아침 나를 깨워주던 도마 칼질 소리 들리지 않고
손이 깡깡 얼도록 뛰놀다 해거름에 집에 들어오면
자글자글 끓여 내주시던 찌개 뚝배기가 사라져버렸네요
당신이 쌓인 눈 쓸며 여닫던 장독 자리엔
저온 숙성 뚜껑형 김치냉장고 대신해 있고
유통기한 걱정 없는 먹거리들만이
양문형 냉동고 칸칸 가득히 쌓여 있네요

어머니, 죄송합니다
곰국 끓이는 아궁이 장작불이 서서히 식어 재가 될 때
밤새 그 곁을 지키시던 당신 모습이 눈에 밟히네요
나는 얼마나 우리 아이들 곁에서
그들의 싱싱하고 건강한 삶을 위해
진국 우러나오는 구수한 삶을 위해 살았던가요
조금 더 기다려주지 못하고 또 지켜봐 주지 못하고
이름 모를 고농축 영양제며 생장촉진제를
시도 때도 없이 마구 뿌려댔던가요

어머니, 죄송합니다
이렇게 첫추위가 살갗을 파고 들어오면
당신이 꾸벅꾸벅 졸며 한 코 한 코 떠 만들어주시던
스웨터며 벙어리장갑 빵모자가 그리워지고
등굣길 조심하라며 어깨를 두드려주시던 손길
먼발치서 손을 흔들어주시던 모습이
자꾸만 자꾸만 뜨거운 눈물에 흐려지네요

어머니, 보고 싶습니다.

아직도 펄럭이고 있네요, 히노마루가

광화문에서 광장을 거쳐 지나니
아, 히노마루가 칠십오 년이 지난 지금도 펄럭이고 있네요
연호만 다이쇼에서 쇼와를 거쳐 레이와로 바뀌었을 뿐
서울 한복판에서 발간 부수 수백만의
자칭 민족지 할 말은 하는 신문사에도
여의도 공영방송사 스튜디오 토론장에도
지성의 전당이라는 상아탑 강의실에서도 펄럭이고 있네요
5억 불 덕분에 나라가 발전했다는 군수의 워크숍 강연장에서도
사람의 아들 예수 이름 팔아 십자가 아래에서도 펄럭이고 있
네요
주한 일본대사관 앞 엄마 부대 치마폭에도 힘차게 펄럭이고
있네요

우리 숟가락 젓가락 반지 빼앗아 만든
전투기 은빛 날개에 선명하던 히노마루가
태평양 검푸른 바다 위로
조선 경기도 개성 사람 인 씨의 둘째 아들
스물한 살 먹은 사내를 사라지게 했던 히노마루가
만주에서 다카키 마사오가 혈서를 쓰며

38

멸사봉공, 견마의 충성을 다짐하게 했던 히노마루가
삼십오 년 치욕의 생채기가 다 아물기도 전에
다시 우리 공활한 가을 하늘 아래 펄럭이고 있네요
이곳저곳에서 너도나도
덴노 헤이카 반자이를 못 외쳐서 환장이네요
우리 할아버지 할머니 삶을 송두리째 빼앗아 간 히노마루가
어느새 다시 한반도에 스멀스멀 기어들어와
그들이 아니었다면
그들과의 협정이 없었더라면
오늘의 대한민국이 없었을 거라 소리 높이는
제이, 제삼의 다츠시로 시즈오의 손에
어느새 꼭 쥐어져 있네요

당신들이 죽음의 막장에서 탄 눈물 흘리며 견뎌낸 것이
그녀가 입술을 깨물며 눈을 질끈 감고 고향의 밤하늘을 헤
아린 것이
다시 찾은, 눈물겹도록 그리웠던 조국의 하늘에서
히노마루가 이렇게 아무런 망설임도 없이
휘날리는 것을 보기 위해서였나요

우리는 당신들의 생사를 넘나드는 눈물과 땀을 모아
칠십오 년이 넘도록 강물 올곧이 흐르게 하지 못한 채
또다시 수레바퀴를 거꾸로 굴려
굴욕의 산하를 만들어가는 걸까요
이제는 동해물과 백두산이 마르고 닳도록 애국가만 부르
지 말고
우리의 매서운 눈초리와 얼음송곳 같은 차가운 마음으로
우리 모두를 욕보여 온 히노마루를
무궁화 삼천리 화려 강산에서 끌어내려야 하지 않나요.

낙화
—금배지가 지기로소니 세상을 탓하랴

꽃잎이 떨어지면 그리움이라도 남지
화무십일홍이라지만 달밤에 이화우梨花雨는
눈물겹기라도 하지
떨어져 수북이 쌓인 꽃잎은 두 손 듬뿍 주워
머리 위로 던져 꽃 눈이라도 내리게 하고 싶지
꽃길이라도 만들어 그대를 걷게라도 하고 싶지

빗방울이 떨어지면 시원하기라도 하지
우연히 만난 소나기에 온몸이 흠뻑 젖으면
뜨거운 복중 더위 식혀 상쾌하기라도 하지
우산 빙글빙글 돌려 가며 빗방울 튀겨내던
장난이 즐겁기라도 하지
빗물 흘러 넘치는 도롯가에서
물장구라도 치며 걷는 재미라도 있지

나뭇잎이 떨어지면 아쉬움이라도 남지
어느 가수의 노랫말처럼 우-우-우 세월이 가고 젊음도 가지
아스팔트 위 노랑 은행잎이라도 밟으며
막걸리 몇 잔에 기분 좋게 취해

시몬을 찾고 낭만이라도 씨부렁거리지
공원에서 떨어지는 나뭇잎 먼저 잡으려고
팔짝팔짝 뛰어대던 치기稚氣일지라도 아름답기만 하지

눈이 내리면 첫사랑을 잠시 떠올리기라도 하지
고등학교 때 샹송 통브 라 네주를 불러주시던
불어 선생님의 그 맑고 큰 눈동자를 생각하며
순수했던 감정에 잠시 얼굴 붉어지기라도 하지
어깨 위에 쌓인 눈을 털며
아파트 현관을 들어서는 멋이라도 있지
배달통한테는 미안하지만
창밖에 내리는 눈을 보며 치맥 하는 기분이라도 내지

그런데 금년 봄에 여의도에서 금배지가 떨어지면
그 많은 쓰레기 더미 누가 치우지
퇴색한 금빛에 고약한 냄새만 가득 풍기는
그리움도 시원함도 낭만도 첫사랑의 가슴 떨림도 없는
그 거대하고 부패한 공룡 덩어리

그들만의 리그에서 열심히 막말만 나불대다가
보기 좋게 나가떨어진 금배지 더미
누가 한강에 쓸어 넣어버리지
참 궁금한 일이 아닐 수 없지.

눈부시게 흔들리더라

집 현관에 들어서며 신발을 벗으려니
나뭇잎 하나 어느새 따라 들어왔다
그래, 그렇구나
떨어진 낙엽도 나를 끈질기게 따라오는데
우리 곁을 떠나지 못하고 함께 온기를 느끼려는데
그래 그렇게 쉽게 떠날 수는 없지
한순간에 한꺼번에 모든 것을
훌훌 떨쳐 버릴 수는 없는 거야
얼마나 매서운 칼바람을 온몸으로 받아냈는데
고개조차 들 수 없는 맞바람에 수많은 밤을 시달렸는데
살갗을 꿰뚫어 쏟아지는 불볕을 묵묵히 견디었는데
어둠 막막히 내린 골목골목을 땀 젖으며 내달려 왔는데
늦가을 찬바람에 나뭇잎들 여기저기 몸을 낮추어 엎드렸다고
무서리에 시린 입김을 좀 내뱉었다고
살얼음이 앞 방죽에 좀 얼었다고
고개 숙이고 자리에서 일어서서는 안 되는 거지
때로는 불현듯 떠오르는 나이라는 무심한 숫자 앞에
아침저녁으로 점점 희미해지는 기억력에
여기저기서 쏟아지는 외면과 무관심의 눈초리에

지금까지 걸어온 발자국이 미세먼지 속에 자취를 감추어도

가슴에 쿵 돌 떨어지는 소리 같은 친구의 투병 소식에

가슴이 시퍼렇고 서럽게 먹먹해지더라도

짧아져 버린 하루 해거름 때

이름 모를 새 여기저기 부산히 날더라도

그렇게 쉽게 발걸음 떼며 떠나려 해서는 안 되는 거야

너의 집 앞 구정물만 폼나게 흐르는 개울가에도

구절초는 여기저기 피어있더라

차가운 쇠 난간을 비비 휘어 감으며

바짝 마른 개머루는 질기게 달려 있더라

너를 만나고 오는 길

밤이 깊을수록 칼바람은 불어쌓는데

그래도 여전히 별은 아름답더라

정말 포클레인 쿵쿵쿵 내려가던 아스팔트 갈라진 틈에도

잡초는 살아있더라

눈부시게 흔들리더라.

완료형, 혹은 진행형

우리는 만나 어색하게 기념사진을 찍고 자장면집으로 갔지
계절답지 않게 요란스레 내리는 봄비를 바라보며
서툰 모습으로 삼십 도짜리 소주를 부어 마시고
그때부터 100여 쪽 30절판 크기의 1,500원짜리 그 녀석과
뜨겁고 불편한 긴 여정을 시작해야만 했지
때로는 만만해 보여 무관심해지기도 하고
때로는 갚아야 할 빚처럼 항상 가슴 한구석에
찜찜하게 자리해 있는 너를
이제는 떠나야만 한다고
절대 가까이 다가설 수가 없을 것 같다고
밤새 만질 수 없는 신기루 같은 이야기를 토해 내며
숙취로 아픈 머리와 쓰린 속을 간신히 부둥켜안았지
밤새 마당에 쌓인 눈 더미 속에 던져버린 찌개 냄비가
다시 내린 눈으로 보이지 않을 때까지 이야기를 나누었지
그렇게 모두의 가슴이 먹먹해지도록 시대를 이야기하고
또 그 시대를 뛰어넘을 것 같은 희망을 이야기하곤 했지
그러다가 답답함에 칼바람 부는 바닷속으로
백수광부처럼 뛰어 들어가기도 했지
못 이기는 술에 토악질을 해대며 길길이 뛰며 소리를 쳐도

결국 우리 곁에 함께 남아있는 건 항상 너였지
너를 바라만 보아도 따뜻하기만 했지
그 시절 마음은 공허했지만 정신은 맑아지기만 했지

우리는 오랜만에 만나 스마트폰으로 스냅샷을 찍고
왁자지껄 떠들며 차를 몰아 장어 요릿집으로 갔지
서로 각자의 취향에 맞는 술을 따라 마시고
밤늦도록 섰다와 포커도 하고
서로의 건강과 직장을 걱정하며
삼십칠 년 동안 별거도 동거도 아닌 채 지내온
어정쩡한 사랑에 대해 다시 이야기하기 시작했지
어디로 가야 하는지 뒤늦게 나선 길에 대한 두려움과
인디언 서머 같은 뜨거운 설렘이 교차하고 있지
이 여정이 언제 끝날지는 모르지만
그전처럼 만만해 보이지도 않고
또 다 갚지 못한 빚처럼 부담스러워 보이지도 않지
가다가 지치면 잠시 쉬고 한눈도 팔고 하면서
여태껏 살아오면서 배워온 눈치라면 눈치랄 수도 있는
여유와 요령도 부려가면서

다시 그때처럼 가슴이 먹먹해지지는 않겠지만

삶을 이야기하고 시대와 함께해야 하는

내일을 이야기해야만 하겠지

그래도 결국 우리 곁에 함께 남아있는 건 항상 너겠지

아무리 모든 것들이 우리 곁을 떠나간다 해도

너는 항상 질기게 되살아나는 그리움처럼

해가 져도 사라지지 않는 불가사의한 그림자처럼

그렇게

너는 바라만 보아도 여전히 따뜻하겠지.

02

김은영 전주 해성고 18회 졸업. 초등 교사가 되어 동시로 등단함. 텃밭 가꾸기를 좋아하고 왈츠를 배우고 싶으나 아내의 말을 듣고 은퇴 후 시도 예정임.

태풍 경보

그대와 약속한 날
출장을 가네

비바람 속을 달리는
고속열차

몸은 남으로 가는데
마음은 북으로 가네

태풍 따라 북상하는
그리움의 헥토파스칼

절에 가면 승복을 입고 싶다

인연이 없어
이대로 욕망의 옷을 입고 살아야 한다면
아랫도리만이라도 승복을 입고 싶다

참회를 할수록
용서받지 못할 일들에 쫓기다가
눈을 뜨면
슬그머니 빠져나오는 몸뚱어리

윤회의 굴레 속에서
사랑도 인과응보라는데

너는
단 한순간 세상 구경도 못 한 채
어디로 갔니?

미선 엄마

노간주나무 울타리 너머
환히 보이는 뒷집 마당

미선이네 엄마가
소여물 주며
에프엠 라디오 노래를
따라 부른다.

아, 그대 곁에 잠들고 싶어라

재래식 화장실에서
오줌 누는 자세 그대로
그 노래 끝까지 들었다.

빨래를 개키며

기말고사 치르는
딸아이의 빨래를 개킨다.

브래지어는 봉긋한 곳으로 접고
팬티는 가운데로 두 번 포갠 다음
위로 접어 끈 속에 넣는다.

아버지란 때론
딸의 속옷도 개킬 줄 알아야 한다.

손바닥 크기보다 작은
딸의 속옷을 옷장 속에 넣고 나오다가
만 원짜리 두 장을
책상 위에 포개어놓았다.

층층나무 꽃

푸른 이파리들이
층층이 손바닥을 펴고
하얀 꽃잎을 떠받치고 있구나!

푸른 좌대 위에
가부좌 틀고 앉은
아미타여래불!

두 눈이 절로 합장한다.

조소를 하다가

조소를 하다 보면 안다

쌓아가는 일보다
깎아내는 일이 더 어렵다는 것을

덧붙이는 일보다
떼어내는 일이 더 힘들다는 것을

누가
그리움이 쌓인다고 하는가?

혼자 쌓은 사랑도
허물어뜨리지 못하면서

탈고하는 날

물러터진 시인 하나가
컴퓨터 속에 든 시를 꺼내려 했더니
모니터에 뜬 낱말들이 글쇠를 꼬드긴다
자꾸 다른 낱말을 입력한다
시인의 컴퓨터에는
불규칙활용을 하는
언어의 바이러스가 숨어있다

밤에 우는 새들은

밤에 우는 새들의
울음소리는
깃털에 스민 달빛을
깊고 깊은 어둠 속에
토해 내는 것이에요

들어보아요
소쩍새와 휘파람새 소리를

낮에 우는 새들의
노랫소리는
깃털에 닿는 햇살을
맑고 푸른 숲속에
털어내는 것이에요

들어보아요
꾀꼬리와 박새 소리를

우유 추락 사고

긴급 뉴스를 말씀드리겠습니다
오늘 오전 열 시경 경기도 A 초등학교에서
흰 우유가 3층에서 떨어져 숨지는 사고가 발생하였습니다

숨진 우유의 친구 말에 따르면
날마다 학생에게 버림받던 우유는 심한 우울증을 앓고 있었고
쉬는 시간에 갑자기 창밖으로 몸을 던졌다고 합니다

아직도 보도블록 위에는 숨질 당시 흘렸던
하얀 핏자국이 선명하게 남아있습니다

교육 당국에서는 사고 경위를 조사하고 있으며
앞으로 이와 같이 불행한 사고를 막기 위해
우유 안전 교육 대책을 마련 중이라고 합니다

이상 기레기 스쿨 당나라 기자였습니다

숙부

　우리 숙부는 한쪽 눈밖에 못 보는 애꾸눈 반푼이란 온갖 조롱에도 초연한 주점의 심부름꾼 달력이 네 개 벽시계도 네 개 시간도 날짜도 볼 줄 모르면서 음력은 헤아리고 마을 대소사 고인들의 기일은 죄다 아는 정보통 삽 도끼 톱 펜치 망치 낫 쇠붙이면 집어 가는 고물 수집광 흰 고무신에 가랑이를 꿰맨 바지를 입고 거친 머리 휘날리며 남의 집 기웃기웃 종일 마을을 맴도는 풍문의 전래자 명절이면 형 아우 조카들에게 고무신값 이발비 연거푸 받아 덩실거리는 숙부여 하루도 웃음 잃지 않고 어떻게 세상을 살아가는가 도저히 흉내 낼 수 없는 치밀한 사상가 나의 숙부여

어머니의 시

어머니는
그 긴 세월 동안
쪼그려 앉아
아궁이에 불을 지피며
호락질로 김을 매며
무슨 생각을 하셨을까

평생 시 한 줄
쓰지 않았지만

언제 어디서든
눈 감고도 읽는 시

아무리 외워도
다 못 외우는 시

어머니

솟대

아파트 옥상
하늘과 땅이 교접하는
피뢰침 끝에
앉아있는 새 한 마리

저 살아있는
솟대

꽃 일대기

어릴 적부터
나는 꽃을 사랑했네.

떨어진 감꽃을 꿰어
너에게 목걸이를 만들어주었을 때
방싯 웃던 네 모습을 보고 알았지
너도 꽃을 좋아한다는 걸

오월이면 하굣길에
아카시아꽃을 따서
너랑 함께 먹었지

아마도 나는 더 어릴 적부터
꽃을 사랑했네

애기똥풀을 꺾어
네 손톱에 발라주었을 때부터
함께 밭두렁 길을 가다가
목화 꽃봉오리를 따먹을 때부터

중학생이 되었을 땐
얄궂게 꽃을 사랑했지.
자줏빛 코스모스꽃을 따서
손가락 사이에 끼고
하얀 블라우스 교복을 입은 네 등에 꽃무늬를 찍기도 했지

어느 핸가 가을엔
산비탈 밭에 핀 하얀 메밀꽃이 예쁘대서
한달음에 달려가 꺾어다 주었지

청년이 되어
꽃팔찌를 네 손목에 채워주었을 때
너는 나를 고향 친구라고 말했지

나는 어릴 적부터
꽃을 사랑했고
너에게 꽃으로 말했네

세월이 가도
내가 사랑했던 꽃들은 시들지 않네

받아쓰기

자리에 누워도
어딘가에 끄적거리는 버릇
그만 딸아이 공책에 끄적거렸네.

이튿날 아침
한 글자도 읽을 수 없네.
되짚어 봐도
어젯밤 시상은 떠오르지 않는데

철없는 것의 받아쓰기 공책이
나를 보고 웃네.

1번에서 10번까지
불러주는 낱말들을 받아쓰기도 바쁠 텐데
'나무' 뒤에 나무 모양 그려놓고
'다람쥐' 뒤에 도토리 까먹는 시늉까지 그려놓았네.

이제 나도 받아쓰기를 해야겠네.
기역 니은 힘주어 받아쓰기 하면서

아이들 나라로 돌아가고 싶네.

여보게,
나랑 같이 받아쓰기 안 할 텐가
함께 이 세상을 받아쓰기 해보세.

청평댐을 지나며

천년만년 거침없이 흐르다가
등 굽은 물고기처럼
꺾여 버린 강물
댐이 폭포일 수 없음에
강물은 흐르지 못하고 추락한다
소용돌이치는 물살 옆으로
한여름에도 떠나갈 줄 모르는
청둥오리 몇 마리 동동
부서져 내리는 강물은
새벽하늘을 희뿌옇게 뒤덮고
일방통행 좁은 길마저 지워버렸는데
하필이면
감원 바람 속 아침 거른 출근길에
청둥오리의 잊어버린 계절을 생각하네
내일도 이 다리를 건널 수 있을까
아슬아슬한 낭떠러지 강물을 보네
저 강물의 하류 어디쯤
물살에 휩쓸려 나온 물고기들
이제 유년의 기억을 떠올릴 수 없겠지

청평댐을 지나며

바람도 꺾이는 걸 보았다

날아오다가 급선회하여 사라지는 철새들

03

김정훈 전주 해성고 18회 졸업. 산과 노동, 교육 해방, 겨울과 봄 막걸리 잔에 산을 담아 취하고 노동으로 깨어나는, 혁명. 하늘 닿은 능선에서 숲 안에서 뿌리를 찾는, 살아있는 꿈. 다 행복하면 좋겠어, 사람.

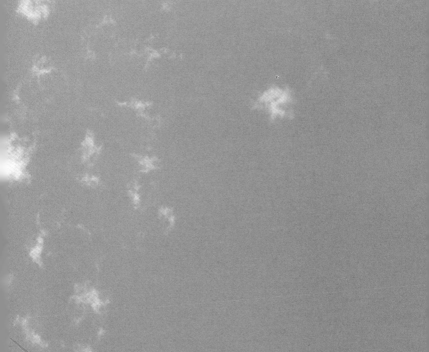

나무에게 듣는다

숲에 들고
숲길에 선 나무들이 읊어주는 길을 따라
산으로 오르고
눈동자에 들어선 하늘 아래에서
나무에게 듣는다

침묵에서, 돋아나는 봄을 보았네
가지마다 하늘 담은 연한 새싹들이
막 깨어난 어느 노동자의 몸에 깃드는 것을
찰나마다 솟아오른 땀방울 물줄기가
무성한 햇살을 담아내고 푸른 하늘이 되는 것을
침묵에서, 타오르는 여름 지난 가을을 보았네
슬픔에 젖고 기쁨에 물드는 오색의 바람이
저 황홀하고 쓰라린 세월이 되고 해방으로 나아가는 것을
터를 떠나는 절망과 고통의 찬란한 비행이
다시 하늘을 열고 푸른 물 넘쳐 나는 하늘이 되는 것을
침묵에서, 경계를 허무는 희망의 나무를 보았네

나무에 들고

나무들이 웅성대는 고요한 숲길을 따라
산에서 내리고
막막한 어둠 적막의 땅 위에서
그 노동자에게 듣는다

겨울, 침묵으로 가는 길을
나무에게 듣는다

탱크를 봤어

붉은 꽃을 보면 피가 끓고
흰 꽃을 보면 눈물이 터지는

그러니까 고등학교 일 학년 때
죽을 것 같은 급성 폐렴을 앓고 일어섰던
그 환한 봄날 친구들과 걸었던
기찻길 옆 뽕밭 길 전북대학교 정문 앞 거기였어
난생처음 탱크를 보았어
대학교 철문을 눌러버릴 것 같은 그 육중한 탱크를
팔십 년 오월
누님 집에서 자취하던 마산 출신 전북대 공대생 형은
매캐한 냄새를 달고 다녔지만
그것이 뭔 가루인지는 나중에야 알았지

내 머릿속 박정희는 총탄에 죽었으나
여전히 위대한 영원한 대통령이었고
똥별 전두환의 반질거리는 대가리는
그해 전국체전이 열린 전주 공설 운동장
체조 매스게임 공연을 할 때 보았어

형형색색으로 공연에 동원된 여학생들에게
눈길이 더 많이 머물렀지만
누군가는 두환이 대가리 돌대가리 독재자 박정희를
말하기도 했어

그해 내내 탱크는 내 몸 위를 누른 것 같은데
오월 광주에서 피가 모자란다고 해서
헌혈을 하자고 모든 교실을 돌아다녔지만
꽤 열심이었지만
슬픔은 잘 몰랐어
신록예찬 청춘예찬 따위가 더 멋져 보였던
난 또는 우리는
박정희 전두환 군부독재 체재 아래
그냥 고등학생
어떻게든 대학에 들어가야만 생존 가능하다는 철칙을
되뇌이는 되뇌이는 슬픔을 몰랐어

대학에 고 리세종 열사 추모비가 세워지고 탈취당하고
다시 제자리를 찾는 세월 동안에서야

슬픔에 눈을 떴지
아 '척박한 땅 한반도'
조성만이 명동성당에서 스스로 뛰어내렸을 때
슬픔이 깊어졌지
붉은 꽃을 보면 피가 끓고
흰 꽃을 보면 눈물이 터지는
오월 그해 탱크를 봤어

가르쳐야만 민주주의가 될까
지금 아이들은 주눅 들지 않고
아무 말이나 할 수 있을 정도로 컸는데
민주주의는 겪어야만 세워지는 것인가
혼돈과 평화가 겹치며 다가오는 학교의 오월
아직도 두환이 대가리는 반질거리고
사십 년이 다 되도록 흘린 피가 얼마인데

피어 붉은 꽃
피어 흰 꽃
그해 오월 탱크 하나 못 치울까

붉은 꽃을 보면 피가 끓고
흰 꽃을 보면 눈물이 터지는
오월 그해 탱크를 봤어

산딸나무야 산딸나무야

푸른 잎 속에 파란 하늘
거기에 있어 산딸나무꽃이야
바람이 산들 꽃으로 산들
하얀 나비의 꿈으로
파란 하늘 아름다운 슬픔으로 번지는
목련보다 아스라한 초여름 산딸나무꽃
봄 너머 타오르고 타오를 그 자리에
하얀 나비 떼의 꿈

꿈이었으니 꾸어야지
산딸나무꽃 하나 사뿐 내릴 거야
땀 적시고 지친 너의 등에
들메나무야 산딸나무야
서로 이고 지고 가는 거야
오르는 거야
나비야 어서 가자 하얀 나비야

검푸른 숲 위에 하얀 바다
여기에 누워 산딸나무야 꽃이야

햇살이 내린들 꽃비야 내린들
시방세계 단꿈으로
나무딸기 아름다운 고통으로 스며온
온 가을 수줍고 수줍어서 그 자리에
연붉은 사람의 꿈

산딸나무야 숲이야
기약은 없을지라도 너라면
적막한 일터에 황망한 거리에
그래 그 노동이 빛나는 산딸나무야
시원하고 후련하게 오는 거야
살아나는 거야
해방이야 어여 넘차 여문 사람아

산딸나무야 어디에서 그리워
어디에서도 그리운 산딸나무야

산딸나무야

유월 노랑 창포
꽃 내음 머리 감고
보라 부채 붓꽃
손 떨며 세상 그리려고
산이 산골짝
숨 쉬러 오른 산등성이
그 아래 나비 떼
하이얀 산딸나무야
다치지 말고 아
아프지 말고 아
제발 죽지 말고
산딸나무야 사람아
하늘 오르는 숲
사람아 산딸나무야

봄꽃을 기다리며

아직 그리움이 있다면
괜한 서러움에 망연해질 수 있다면
기다리다 지쳐도 기다릴 수 있다면
포도시 서있는 사람들
문드러진 가슴속으로
저 강가 바닷가로 들판으로

어서 오시게
봄꽃

수선화가 피었어요 3

비 오는 봄날 수선화가 피었어요
저리 파르스름한 수선화 샛노랑에
가슴 시릴 수도 있지요
수선화를 피웠어요
그니를 묻었노라고
안개비 아스라이 꽃잎 접어
수선화가 피었어요
피웠어요
하얀 연보라 실금을 타는
저 먼발치 산에 산자고꽃
보란 듯이 그랬다는 듯이
수선화가 피었어요
물 위에 뜬 노란 배
비 오는 봄날
차마 묻을 수 없는
그니들
수선화가 피었어요

개나리, 가을 길목에도 피어

터질 듯 터질 듯 그리움
얼마나 품고 품어왔으면
타오르는 붉은 산 노랑 색동 사이로
새초롬히 피어오는가
여름 지난 깊은 가을 속
떨리는 그리움
토해 내고 말았는가

첫눈, 가는 눈발에도 져버릴
웅크린 연노랑 꽃잎 지쳐가며
그래도 품속
샛별 같아서,

봄은 그렇게
먼 길 돌아오는 것인가

봄 길

세상 곳곳 환한 봄날이 오면
강물 속에 여미어둔 맨살
그 젊은 날 그리움도 솟네

함께 떠나지 못해 함부로 울던
봄밤 안개 속 깊은 밤
어둑한 상처에 생채기를 내며
훌쩍 떠나보네
노랑 산수유 등불 삼아
자취도 없어라, 하며 걷는 봄 길

약속 없이 날은 가고
나와 그대
세상에 다시는 없을 것처럼
발아래 차오르는 노랑 꽃눈 길
그대 따라 내가 가네
꽃이야 먼지야 나무 위에 걸어두고
어느 산 넘네
가며 가며 불러보네

사람아—

스물네 살 김용균

—비정규직 청년 노동자의 죽음 앞에서

다시는 태안반도 타오르는 노을을
다시는 신두리 해안 사구 모래알들을
그냥 볼 수 없겠다
낡은 안전모 마스크 위 보안경 너머
그 맑은 눈동자가 밟혀 그냥 걸을 수 없겠다

겨울밤 외로이 컨베이어 벨트를 따라서 일하다가
겨울밤 외로이 머리와 몸이 떨어져 버린
겨울밤 외로이 싸늘한 검은 석탄 더미에 쓸려 버린
스물네 살 김용균
스물네 살 비정규직 청년 노동자 앞에서

검은 밤 검은 석탄 더미
컨베이어 벨트는 참혹함을 덮겠다는 듯
돌고 돌고 잘만 돌았다
구의역 열아홉 살 김 군 스크린도어
끝내 끝끝내 열리질 않았으니

어디에 희망의 창문을 낼까
어디에 스물네 살 꽃다운 영혼의 창문을 열까

'문재인 대통령, 비정규직 노동자와 만납시다'
그 손 팻말을 허공에 떠돌게 할 수 없으니
절대로 가만히 있지 않겠다

저기 길 가는 사람들
당신 자식이 모가지가 끊어졌소
당신 제자의 몸뚱이가 검댕이 범벅이 되었소
당신 친구가 나도 사람이라고 하오
그러니 제발 통곡이라도 크게 질러보시오

국가가 나서서 공기업을 팔고
그 비열한 자본이 위험과 죽음을 팔아서
그 컨베이어 벨트가 돌아갔으니
천칠백만 촛불이
대통령 얼굴만 바꾼 것이 아니라면

우리가 사람이라면
폭주하는 국가와 자본의 컨베이어 벨트를
끊어내고 멈추게 해야 하지 않겠는가
국가의 책임을 엄중히 물어야 하지 않겠는가

그대 잠든 밤에 흘러오는 전기에 죽음이 묻어난다면

긴긴 밤의 안온함을 떨쳐 내고
불란서처럼 석탄에 불을 지르고
주먹 쥐고 일어나 청와대로 향한들 어떨 것인가
죽어서 더는 외롭지 않아야
제발 다시는 비정규직 청년 노동자의 죽음이

그 죽음 없게 하겠다
그 죽음 없게 하겠다
그 죽음 없게 하겠다
겨울밤 칠흑 같은 바람에 맞서
외치시오 김용균을 살려 내라

문재인 대통령 나와라
노동자의 말을 들으라

그예 꽃봄으로
—이천십칠년삼월십일 봄꽃

그예 다 사위어갈 꽃이라면 피어나지도 않았다
아예 그 꽃봉오리 가슴팍에 맺혀지지도 않았다
꽃눈을 달고서 불꽃으로 일렁이던 겨울을
건너오지도 않았다

늦가을 잎새가 타오르고 질 때에도
겨울바람 깊숙한 눈발에도
광장의 함성은
목숨처럼
깃발처럼
아슬한 봄으로 피어났으니

푸른 하늘에서 떨군 피가
푸른 바다에서 올린 숨결이
산천의 어둠을 사르는 꽃불이었으니
태울 것을 꼭 태우라 한다

바친 피의 목숨이 피어나고 피어난
이천십칠년삼월십일 무혈 혁명의 첫날을

함부로 말하지 마라
아직 해방 들녘 다 태우지 못했으니

사람꽃숨이여, 우리는 숨은 어둠 제쳐내는 꽃불 화살이 되어
저 들판 다 태우러 가자
들썩 들썩 들쑥이 솟구칠 때까지
동학년 넘어 백 년의 로서아 넘어
혁명을 하자, 이제 시작이다

무혈 혁명은 무혈 혁명으로 오지 않았다
들쑥 들쑥 평등 들쑥 평화 들썩 들썩 민주주의
그예 산천 환한 봄꽃으로 어깨 마중을 하겠다
아예 다시 없을 세상의 꿈, 꽃봄으로 가겠다

겨울왕국, 끝
—끝내 우리는 혁명을

하늘이 알고 땅이 알고
지들끼리 알았던 겨울왕국의 추악한 몰골 앞에서
왜 내가 부끄러운 것인가
왜 노동자 농민 빈민 이 땅의 민중이 부끄러워야 하는 것인가
국민이어서 참담해야 하는가

얼음공주의 유신 왕정복고를 명한
하나도 준엄하지 않은 제사장의 선글라스를 보면서
그 부역자들을 보면서
명박산성 거쳐 근혜차벽에 통곡의 바다를 만든
우리가 왜 참혹해야 하는가

아니다 우리가 부끄러운 것은
아니다 우리가 참담한 것은
아니다 우리가 참혹한 것은
세월호의 넋이 백남기의 넋이 차마 떠나지 못했기 때문이다
 목숨 줄을 걸고 살아야 하는 이 땅 사람들의 신음이 진동하
기 때문이다

피 흘리고 신음하는 사람들을 겨눈
여왕의 입이 총구다, 부역 언론의 입이 총구다
정치 검찰과 사법부가 총구다, 재벌의 아가리가 총구다
여왕의 제사장과 총리대신과 각료들의 주둥아리가 총구다
국민을 향해 총질한 자들을 어쩌지 못한 것이 부끄러운 것이다

그러나 보라! 사람들이 왔다.
10월, 부풀어 오르던 혁명은 시작되었고 그 새벽이 밝았다
타오르는 가을을 온몸에 걸친 사람들이 웅성거리고
노랗고 빠알간 잎새들이 불꽃으로 일렁이며
들녘을 채우고 숲으로 번지는 불길이여, 아름다워라 외침이여

우리는 결코 너의 백성인 적이 없다
헌법은 민중의 가슴속에 있는 것
너는 민중의 가슴을 찢는 것도 모자라
활자로 박아놓은 헌법조차 유린했다
너는 여왕이 아니다, 너는 또한 대통령도 아니다

백만의 함성이다 천만의 불길이다 오천만의 명령이다

너희는 그 자리에서 내려오라
부일매국 독재의 망령과 부역자들은
그 씻을 수 없는 죄과에 대해 참회하라
너희가 진실로 참회한다면 법의 심판만은 받게 해주리라

헌법을 유린한 근혜차벽은 철옹성이 아니다
겨울이 왔다 하여 겨울왕국이 아니다
귀태 역사 교과서는 불쏘시개가 될 것이며
터져 나오는 분노의 활화산은 천지 사방을 불길로 덮을 것이다
너희의 총구를 녹이고 뜨거운 숨들이 새 세상을 열 것이다

가을을 건너 겨울 속으로 간다
억새꽃 부벼대며 으악 으악 내지르며
겨울 혁명의 광장으로 간다
우리가 벼려온 죽창은 미완의 혁명을 위한 것이 아니다
오욕의 역사를 잘라내고 민주공화국부터 세우기 위함이다

끝났다. 겨울왕국은
박근혜 최순실 김기춘 우병우 이재용 안광한 황교안 이준식

한민구 윤병세 이정현
  불러낼 이름들이 너무 많다, 그러나 끝났다. 너희들은
  박근혜는 아무것도 하지 마라
  우리가 끌어내릴 때까지

  간다
  걸어서 버스도 타고 지하철 타고 철길도 걸어서 비행기도
타고 배도 타고
  학생이 아줌마가 노인이 노동자가 자영업자가 빈민이
  농민이 숨어있던 청년들이 몰려나와 차벽을 넘어서 간다
  나라를 바꾸고 우리들의 나라를 세울 때까지, 간다

  겨울을 건너간다
  아름다운 것은 사람들의 혁명이다
  눈은 내려 쌓일지라도 동학혁명 농민군의 짚신이 되어
  눈은 내려 쌓일지라도 4 · 19 혁명 국민학생의 목숨이 되어
  눈은 내려 쌓일지라도 5 · 18 민중 항쟁의 꿈길이 되어

  겨울을 건너간다

사람이 사람답게 사는 세상
사람 위에 사람 없고 사람 아래 사람 없는 세상
눈 밟고 오는 혁명의 소리를 우리는 만들고 있다
한 몸 한 몸 혁명의 깃발이 되어

우리는 와하고 웃어야 한다
우리는 혁명을! 아름다운 혁명을!

겨울왕국, 동백꽃 복수초

불에 태워 죽이고, 굶겨 죽이고
물에 빠트려 죽이고, 굶겨 죽이고
맨몸에 물대포 쏘아 죽이고, 굶겨 죽이고
부일매국 파쇼독재의 망령이 활개를 치는 동토
그 동토 결코 오래지 않으리

살아도 산 목숨이 아닌
이 땅의 국민이 노동자 농민 서민 대중이
이 땅의 시민이 노동자 농민 서민 대중이
이 땅의 민중이 노동자 농민 서민 대중이
인민이 이 땅의 인민이
그 동토의 벼랑 끝에 심장을 올려놓았다

때 없는 눈발은 성기게 내리는 법,
부일매국 유신독재 테러리스트들이
인민에게 민중에게 시민에게 국민에게
감시와 처벌의 공포탄을 쏘아 만든 겨울왕국의 동토
그 동토 결코 오래지 않으리

산 목숨이 아니기에 더욱 살아나야 하는
역사의 심장이 빛나리라
발아래 차오르는 노동자 농민 서민 대중
스스로 분노하여 일어서는 인민의 심장이
그 심장이 붉게 터져 나오리라
더 이상 뺏기지 않으리라, 동백꽃 피어온다

흉적들의 뒷걸음 밀쳐 내고
해방의 길, 해방의 박동으로 감옥 창살이 터져 피어나고
고공의 깃발이 선홍색 꽃잎으로 휘날리리니
겨울왕국 밟고 피어나 휘날리는 동백꽃 울음이
폐허의 동토를 뚫고 환한 노랑 복수초 부르튼 입술에 물고
오느니
저들이 굶기고 짓밟은 상처마다 민주공화국을 세우리라

저들의 겨울왕국,
그 동토 결코 오래지 않으리
아래로부터전북노동연대 단결하라
손가락마다 힘을 주고 주먹 쥔 손으로 결코 물러서지 말아

야 할 때,

　단결하라!

　역사 앞에 당당한 자, 반드시 일어서고

　역사 앞에 부끄러운 자, 반드시 그 고개가 꺾일지니

　노동과 역사가 정의로운 민주공화국으로 가자

　동백꽃 처절한 붉은 가슴으로

　노랑 복수초 눈 시린 해방의 깃발로

　겨울왕국을 넘어 가자! 다시 세우는 우리 세상으로!

겨울왕국, 사람민들레

겨울공화국이 물러났다, 전에
지금, 겨울왕국이 들어섰다

시가 오지 않는 날들에게,
민주주의가 시라고
발길 가는 대로 생각하며 노니는 소요유
장자의 꿈 속 민주주의가 시라고
어지럽게 떠들고 들이대는 야단법석 민주주의가 시라고
선언한다.

왕정은 민주주의로 무너뜨려야 한다고
화려한 유신고춧가루 물대포
짖어대는 조동아리 저 철면피를
발길 가는 대로 시끄럽게 떠들며
소요 소요유 민주주의로 깨트려야 한다고
선언한다.

햇살 한 올에도 피어나는 겨울 꽃 보라!

쓰러져도 서있는 지금 여기

살인진압 물대포 앞에 민들레사람.

삼백예순다섯 날의 삼백예순다섯 날

그날
나는 우리는 광화문 네거리
세종로 정부 청사 앞에 있었다
길고 힘든 싸움을 예상하고 각오하고
지붕 없는 농성장을 새벽에 차렸다

그날
민주주의와 노동권과 교육권과
도대체 아니 아무리 저들의 정권일지라도
받아줄 수 없는 정권의 개 하수인들 생각으로
꿈쩍도 않는, 않을 것 같은 남한 땅 서울 하늘

아래에서 고개를 떨구거나
고개를 치켜들거나 난 우리는 전교조였다

갑자기 속보가 떴고
곧 전원이 구조되었다
우리는, 난 시작하는 싸움의 승리를
기약 없는 승리를 다시 다짐했다

무너질 수 없는 전교조
쓰러질 수 없는 민주주의

봄꽃은 피어났으나 춥고 쓸쓸한

찰나
참사가 되었다
어안이 벙벙한 채 무슨 일인지도 모른 채
팽목항 맹골수도 방송을 보았다
내 새끼들이 우리 새끼들이

농성장을 접었다
속속들이 민주노총 투쟁 일정도

살아있어서
그것도 선생으로 살아있어서 부끄럽고
슬펐다 결코 가만히 있지 않을 선생들이라고
믿었지만 부끄럽고 슬펐다

참사가
아니라 학살이라고 믿게 될 때까지는

오래 걸리지 않았다
선언을 하고 안산에서 광화문까지 밤길을 걸어도
봄꽃은 화사하지 않았다
바다 너머 유채꽃 성산포도
그려지지 않았다

누구에게도 묻지 않았다
분노의 끝이 절망인지를

그렇게
삼백예순다섯 날을 가슴에 저며놓고
저며놓은 삼백예순다섯 날이 다시 왔다
기억을 넘어서는 그 어떤 것을
난, 우리는 만들거나 보았을
것이다
그렇게 할 것 이 다 꼭

그날 그 바다에 그 배에
내가 우리가 있었다면 이해봉 선생님처럼
그래 그렇게 할 수밖에 없었을
것이다 진정 그랬을, 것이다

에미 애비 선생이니까
저놈들이 아 니 니 까

삼백예순다섯 날의 삼백예순다섯 날
다시 태어남을 노래하며
봄꽃 아프게 환하게 마주할
생명과 존엄의 땅으로
흐린 날에도 빗속에서도 멀리 퍼져나갈

난, 우리는 이 싸움 멈추지
않을 것 이 다
봄꽃 피어나 저미듯

아로새겨 아로새겨

홀로 별이 될 수 없기에

유월 칠월 팔월 공장 담벼락 아래
검푸르듯 퍼드득 소스라치는 밤길에
누운 사람들은 보라, 그 사막을 보라

사막에 사람이 그리운 까닭은
사랑이 모래알처럼 밀려들기에
먼발치 여우도
사구를 곧게 가로지르는 하늘금 위
그토록 애달프게
그리운 사람인 거라
사는 것이 사람인 거라

어디 휘황한 도시의 그림자에 밀려
그 불빛 사막에서 길 잃은 듯 헤매면
횅한 눈 고개 떨군 그대 바라보면
여우처럼 껴안으라
사는 것이 먼 별인 것처럼
소주잔 속 오아시스
목 놓아 하늘금을 찾으라

그대 나 홀로 별이 될 수 없기에
사는 것이 사랑이라
사랑이 사람이라
도처에 뒹구는 모가지도 덥석, 그것이 사랑이라
지금은 세밑, 아직 모래 눈 내리지 않은
십이월,

04

한영 전주 해성고 18회 졸업. 그 바람을 좇아 바람의 성
을 쌓으려 했건만 세상은 철저히가 아닌 적당한 시
선으로 나를 피해 다니곤 했다. 틈의 바다에 빠져
쓰려 하고 쓰고 싶다. 긴 글도 함께.

시와 더불어 긴 글을 쓰고자 했던 故 한영은
시집이 나오기 직전 세상을 등졌다.

봄비 1

봄비 흘러간 자리
함께 떠내려간 그녀의 살점
봄비는 그녀의 핏물
곱게 내리는 봄비 그녀의 머릿결 닮아
햇살 한 점 삐져나와
가만히 내리는 봄비 비추네
곱다랗게 내리는 봄비 타고
그녀가 내려오고 있네

어머님 전 상서
—택배

고향에서 올라온
사과 박스 한 상자
그 안에 차디찬 기운 모락모락
사방이 얼음주머니에 둘러싸인
전골냄비
유년 시절 그리도 잡지 못했던
버들치 빠가사리 꺽지 쏘가리
오원천* 식구들 죄다 모여
고추장 고춧가루 뒤집어쓴 채
나를 흘겨보고 있네

---

* 오원천: 섬진강 상류.

꽃

오밀조밀 꽃부리 겹겹이
뉘 집 규수 바느질 솜씨인가
곱다라니 손재간 선녀의 손길 묻은 건지
온 천지 꽃바다 넘실대니
한 무리 선녀들
밤사이 왔다 간 게 아닌가 싶네

2G 폰

아직도 2G 폰 쓴다고 타박하는 친구들에
시 연탄재를 들려주고 한마디
2G 폰 실컷 부려먹고 스마트폰 나오니까
언제 봤냐는 식으로 팽개치고 내장까지 파먹고
그게 인간이냐고
너희들은 언제 2G 폰에 정 나부랭이나 준 적 있냐고
조강지처 버리는 놈보다 더 나쁜 놈이라고 일갈하니

한 친구 왈 정말 나쁜 놈은
너가 아니라 2G 폰이란 놈이란다
널 자기에 빠지게 한 놈이니까
시대의 발전을 복고로 포장하는 너야말로
이 시대의 진정한 아나키스트다
바쿠닌 미하일 바쿠닌

숲길을 걷고 있네

숲길을 걷고 있네
정적만이 지배하는 장막

가문비 전나무 낙엽송 잣나무 분비나무
하늘 향해 가림막
새 벌레들의 간드러진 울음소리
저녁 식사 시간인지
과객에게 말을 거는 소리인지
봉분을 위한 장송곡인지
금세 어둑해진 겨울 숲길
인적은 끊어지고
울울이 장막
숲길은 멀고 옛일은 그치질 않네
고단한 시대 전사가 되지 못한 한탄에
밴 눈발 사선으로 몰아치고
어둠을 찢어발기는 퍼덕이는 새들의 날갯짓 소리
밤하늘을 도려내는 까마귀의 울음소리
로자 룩셈부르크의 생살이 찢기는 절규
우렁찬 정강산*의 기개세

침묵의 혁명을 위한 대장정의 서막

펼쳐보지도 못한 채 대기를 유영하는

지식의 편린들이 내는 곡성

숲속 가득한 아우성

세찬 댑바람 거목들 우듬지 사정없이 흔들어대고

숲길은 너덜지대 이어 된비알이 시작되고

비알은 거칠고 눈발은 폭설로 변해

숲길은 보이지 않다 다시 이어지고

숲길은 시대의 마냥 아늑함을 거부한 채

지상에 남은 자들의 몫으로 돌린다

이내 평온해진 숲길

숲길을 걷고 있네

나홀로 길을 가네**

---

* 정강산: 모택동이 건설한 중국공산당 최초의 근거지. 중국혁명의 발상지.

** 러시아민요 「나홀로 길을 가네(Je vais seul surla route)」.

부랑자의 노래

—1984

겨울 고학정역
부랑자의 광기는 어둠이 깔리면서 시작된다
대합실 차디찬 의자에 고단한 잠을 청하는 여행객들은
그의 취기가 내뿜는 슬픈 이력에도
아무도 귀 기울여 주지 않는다
이따금 지나는 화물열차를 가리키며
저건 아니여, 저건 아니여, 라고
마디마디 때에 절은 손가락을 흔들며
손사래를 친다
박천 가는 열차는 언제 오느냐고
누구도 들으려 하지 않는 푸념에
스스로 고개를 떨군 채
그의 중얼거림은 이어지고 사설은 끊임이 없다
어느 사이 그의 양팔은 덩실덩실
고향 마을 이웃사촌 정겨운 이름을 불러가며
춤사위를 허공에 그린다
술이 떨어졌다
그래서 잠을 청해야 한다
그의 잠결은 열차에 묻어

박천을 향하고 있을지도 모른다
어쩌면 휴전선을 넘지 못한 열차 안에서
그의 꿈은 시간이 정지된 채
기나긴 어둠 속에 머물러있을지도 모른다

별이 된 그녀

그대 잘 지내고 있나요

혹시라도 하늘에서 제가 보이는지

어느 날 저녁 먼 산에 별들이 쏟아졌을 때

별무리 타고 행여 내려오지 않았을까

온 산을 헤매고

실성한 채 잠이 들기도 했지요

치맛자락 버스 문에 끼여

비 내리는 길바닥 질질 끌려

그리 비참하게 가버리고

얼마나 아프셨나요

그곳엔 이런 세상 없지요

이곳처럼 바쁜 세상

여기처럼 급한 세상

언제 별무리 지상으로 쏟아질 때

함께 묻어 오시길

도포 자락 챙겨 입고 기꺼이 맞이하리다

독신

독신이 독신인 것은
사랑하는 것들이 너무 많아서다
독신을 아름답다고 얘기하는 것은
독신에 대한 모독이다
독신의 뒤안 저 깊숙한 동굴에
몸부림치는 육신은
온 살점이 너덜너덜해질 때까지
지독한 불면과 사투를 벌인다
결코 멋지다고 말하는 게 아니다

독신의 동선은 청승과 궁상이 한계다
지극히 짧은 거리다
더욱 슬픈 일은
독신인 자가
그 차이를 전혀 모른다는 점이다
세상은
사랑할 것들이 너무 많아
독신인 것은 지독한 이기주의자다
그래서 독신일 수밖에 없다

우리들의 노동 일지
—1992

감자골
역사驛舍도 없는 철로 위
협궤열차에서 쏟아져 내린 사람들은
이른 아침 찾아든 안개를 향해
온갖 욕설과 고함 소리를 퍼붓는다
초라한 입성의 사람들은
안개를 헤치고
연장 가방 혹은
더블백을 멘 채 말없이
저수지 자리에 생긴 공사 현장으로 향한다
한때 근동의 논밭에 물을 대준
큰 저수지였지만
저수지 물을 빼고
바닥에 파일이 박혀도
안개는 자신의 터전을 버리지 않는다
잠시 안개가 외출을 서두르는 사이
안개의 고향은 흔적조차 사라지고
안개가 떠난 자리엔
흉물만이 자리하고 있다

저녁 무렵
사람들은 다시 협궤열차에 올라
힘겹게 안개의 자리를 서둘러 떠난다
뒤이어 협궤열차를 따르는 한 무더기의 무언가가 있다
안개다

옥이 누님

설빔 차려입고 세배 가는 날
몰라라 한 채
맨 처음 들른 옥이 누님네
옥이 누님 할머님
아이고 우리 옥이 신랑 오셨네 하시니
옥이 누님 얼굴 빨개져 옆방으로 가버리고
세배는 뒷전이고 옥이 누님 봤음 됐지
볼일도 없고 심부름도 아닌데
사립문 밖에서 괜스레 어슬렁어슬렁
마루 쪽 연신 훔쳐보며
작은방 열리길 애태우던 일곱 살 순정
장독대 옆 앵두 한 움큼
남이 볼세라 몰래 챙겨주던 옥이 누님
십 리 밖 하굣길
자전거 뒤에 옥이 누님 태우고
비포장도로로 달릴 때
허리를 꼬옥 안아주던 옥이 누님
단지 무서워서 그런 건 아닐지 몰라
더 이상 학교 못 가고

열일곱 어린 나이에 도회지로 떠난 뒤
좀체 소식조차 들을 수 없었던 옥이 누님
단아한 용모에 찬찬한 생김생김
말없이 성긋하게 대해 주던 옥이 누님
일곱 살 순정은 열다섯에 끝나고
애절함과 그리움만 남아

능내역에서

능내역에는 열차가 없다
빛바랜 초록 기와집 한 채에 의지한
빈 역사驛舍의 대합실
오랜 땟자국에 빛이 절로 나고
세월의 흔적 안 지우려 남겨 둔 철길은
유물이 된 지 오래
빈 철로와 침목 주변에 무성한 잡초들
열차 기다리는 길손마냥
하늘하늘 어정거리고

양평아리랑

읍내 장날
닷새 기다린 보람은 장돌뱅이밖에
일처 출근하듯 가볍게
식전 막걸리 한 주발
텁수룩한 수염 막걸리 방울 맺히고
가지런한 이 드러내며 쓸어내린다
누굴 탓하랴
이게 일상이고 팔자인 것을
식전부터 고주망태
온종일 시장 바닥 기웃거리고
육자배기 한가락 춤도 춰보고
오래된 유행가에 몸도 흔들어보고
용케 생각난 버스 시간
기다시피 올라와서 하는 말
장부에 달아노쇼
허허야 버스를 막걸릿집으로 착각한 건지
할 말을 잃고
그럼 나는 주모인가
며칠 후에 차비 냈다는 소식 꼭 들리네

소문 듣자 하니 읍내 모처 못사는 축도 아니었네

못 배운 것도 아니었고

장가 잘 가 자식 셋이나 보고

이 행복 평생 갈 줄 알았건만

전철 들어오고

마누라 심심찮게 도회지 외출 잦더니

이내 집하고 담을 쌓더라

마누라 시집보내고

세상에 늬 구멍 하나뿐이더냐

읍내 찾아 주색잡기 열 올리고

세간 점점 줄어드니

정신 들 때 망연자실

그럭저럭 봄여름 세월 때우고

바람 선선해질 가을 초입 저녁 무렵

집 나갔던 마누라

튼실한 옥동자 안고 돌아왔네

뉘기여 언미필에

마누라 마룻바닥 내리치며 대성통곡

당신 자식이에요

툇마루 끝에 걸터앉아

어둠 속만 뚫어져라 담배만 뻐끔대다

포대기에 쌓인 놈 불빛 아래 끌어다

고만고만 생김새 뜯어보니

콧잔등 툭 튀어나온 게 영 남 같지가 않더라

영락없는 지 새끼로 알고

포대기 들쳐 업고 방문 열며 하는 말

뭐 혀 빨리 밥 안치지 않고

구시렁구시렁

슬픔의 적

슬픔의 적敵은 슬픔
슬픔을 겪고 지내다
느닷없이 또 다른 슬픔이 찾아왔을 때
이전의 슬픔은 수증기처럼 사라지고
아무것도 남지 않는다
뒤에 온 슬픔이
앞의 슬픔을
슬며시 밀어냈다는 것뿐
그런 일이 있었나요
기억이 안 나는데
그뿐
어쩌면 또 다른 슬픔이
기다리고 있을지 몰라

봄비 2

흑갈색 늦봄 봄비 적시니
무엇인들 못 자랄까
여리디여린 나무 이름 없는 잡초들마저
앞다퉈 자랄진대
하물며 사람조차 안 자랄까
지난해 지지난해 내린 비 바닷물 된 지 오래
올해 내린 새 봄비
긴 이랑 황연 연두 초록 갈아입히고
봄비 마신 나무 뼛속 어린 새순 밀어내고
씻겨 줄 봄비 있어 더없이 좋으련만
단지 씻기지 않는 것 한 가지
도무지 알 수 없는 뇌 구조
사람사람사람들

쪽파를 다듬으며

젓갈에 갓 담은
콧속을 톡 쏘는 파김치가 먹고 싶어
핸드폰을 들었다가 나는
그만 멍해져 버렸다
'없는 전화이므로 다시 확인하여……'라는 안내 음성에
어머니 보내드린지 달포 조금 못 됐을 때였다
쪽파 두 단 빈자리에 매기며 눈물로 다듬고
여린 줄기에서 내뿜는 매운맛에
또 다른 눈물을 다듬었다
쪽파를
명절 때 맨 마지막 떠나는 내게
숨겨 놓은 파김치고 고들빼기 꺼내 와
차에 몰래 실어주시던 어머니의 밑반찬
이제는 어머니 손길 손맛 간절한
철 덜 든 늙은 고아의 어리광만 남아
피울 곳 부릴 곳 어드메오

05

김영우   전주 해성고 19회 졸업. 사진, 요리, 역사, 막걸리 등등 세상만물과 사람을 좋아하지만 조금은 게으른 탐험가. 철들지 않는 게 목표 중의 하나.

통조림

통조림을 먹고 살지요 통조림만 먹고 살지요
들어보셨나요 펭귄표 꽁치 통조림 맛 좋고
영양 많은 참치 통조림 먹어보셨나요
통째 씹어도 절대 절대 가시 찔릴 일 없는
통조림 그 부드러움 그 편안함에 사람들은
협상을 했는지도 모르지요 요새는 옥수수며 감자
파인애플까지 통조림 통조림 손을 흔들잖아요
곧 밥도 통조림으로 나오겠지요
사랑도 통조림으로 나올 거예요

통조림을 먹고 살지요 통조림만 먹고 살지요
들어보셨나요 조중동표 활자 통조림 그림 좋은
종편 통조림 눈으로 귀로 맛보셨나요
글자 하나 영상 한 컷 모두 모두 금과옥조
마지막 한 방울까지 국가와 민족을 생각하는
그런 통조림 절대 절대 안전한 통조림 말이에요
다른 통조림은 꿈꾸지 마세요 주는 것만 드세요
설령 다른 요리를 생각할라치면 이빨 빠진 철자로
깨물고 할퀴고 재갈을 물릴 거예요

주는 통조림만 드시면 돼요 설령 다른 그림이 떠올라도
지적하지 않고 질문하지 말고
고맙습니다 헤헤 넙죽넙죽 그저 그렇게
통조림만 먹으면 돼요

통조림이 좋아요 통조림이 짱이에요
이렇게 열심히 빡세게 용비어천가를 불렀는데
설마설마 내 입을 통조림 하진 않겠지요
우리 모두 공범이라는 얘기는 안 했는데
통조림 비밀을 너무 많이 알려 줬다고
진짜 내 키보드를 통조림 하는 건 아니겠지요

얼른 저장 키로 통조림 해야겠네요
Enter ↵

지하철에서 꿈을 꾸다

다음 정차할 역은
빙하기, 빙하기역입니다

정차 시간은 한 만 년 되겠습니다

용무 있는 사람은 물론
용무 없는 사람도
모두 모두 빠지지 말고

서둘러 내리십시오

굳이 차례는 지키지 않아도 됩니다
양보는 미덕이 아닙니다

그럼
우리 열차는 도망치듯 떠나겠습니다
곧바로

부아앙

뒤도 안 돌아보고
떠나겠습니다

아,
원래 가려던 역이 아니라구요?

벨을 눌러도 소용이 없습니다
혼자서 떠드십시오
신나게.

여기는 여의도니까요

닭싸움

콕콕 닭들이 싸운다 콕콕 깃털을 잔뜩 세우고 퍼드득 퍼드득 날개를 폈다 접었다 콕콕 부리로 벼슬을 쫀다 콕콕 날개는 퇴화한 지 오래다 비상의 꿈을 잊은 지도 오래다 콕콕 공격을 당한 놈이 콕콕콕 반격을 한다 물러섰다가 쏜살같이 목덜미를 쫀다 콕콕 콕콕콕

콕콕 이건 애들 장난질이 아니다 콕콕콕 이기지 못하면 굶어 죽을지도 모른다 주인에게 콕콕 맞아 죽을지도 모른다 콕콕 콕콕콕 닭싸움은 애초부터 콕콕 닭싸움이 아니었다 닭들 뒤에 콕콕 버티고 서있는 구경꾼들의 몫

구경꾼도 내 편 네 편 콕콕 싸움을 한다 콕콕 내 편이 아니면 콕콕 모두 네 편이다 이겨야 한다 콕콕콕 이기는 그날까지 콕콕 콕콕콕 어떤 날은 닭보다 구경꾼들 싸움이 더 치열하다 콕콕 콕콕콕

싸우고 있는 닭들만 콕콕콕 그것을 모를 뿐 콕콕 콕콕콕 두 마리 모두 한 품에서 부화된 콕콕 노랑 병아리였다 콕콕 날렵해 보인다 하여 장사꾼 입 놀음에 콕콕 너와 나로 나뉘

었다는 것을 콕콕 알 만한 구경꾼들은 다 안다 콕콕 콕콕콕

어쩌다 비밀을 눈치챈 닭 한 마리 콕콕 싸움을 포기하고
싶어도 콕콕콕 그럴 수가 없다 네가 아우구나 어서 와라 얼
싸안고 싶어도 콕콕 부리질을 해야만 한다 한꺼번에 죽지 않
으려면 콕콕 콕콕콕 눈알을 쪼아야만 한다

닭싸움을 오래 구경하면 콕콕 제일 먼저 귓불이 퇴화한다
콕콕 뒷덜미에서 들려오는 천둥소리도 작아질 만큼 콕콕콕
귀가 망가진다 멀리서 들려오는 코오콕 메아리 소리를 듣는
건 더더욱 불가능하다 콕콕 콕콕콕 구경에만 열중할 뿐 콕콕
내 편이 아니면 모두 네 편일 뿐 콕콕 콕콕콕 죽는 그날까지
싸움을 한다 싸움을 붙인다 콕콕 콕콕콕

뿌리에 대한 고찰
—혼인신고를 하며

결혼을 했다
분가를 했다
법적 세대주가 됐다
새 본적지를 얻었다
그것도 마누라랑 세트로
특별시민이 됐다, 히히

참/우습더군/본적이란/게/말야/그러니깐
몇/자/끼적이니깐/말씀이야/참/우습게도
문자/그대로/본적이/되더군/그러니깐
태어나/쌈박질하며/자란/거기와는/우습게도
절대로/상관없이/거짓/원산지/표기처럼
새로운/본적지를/얻더군/그러니깐/말씀이야

황천黃天을 생각했다
황천 앞뜰 마당을 생각했다
한 줄로 늘어서서
본적지를 확인받는
새 입주자들을 생각했다

그러니깐/말씀이야/불과/십/분/전까지만/해도/말씀이야
세상엔/나밖에/아니/우리밖에/없어요/깝치던/뱃살들이
내가/세상에서/제일/정직하다우/침/바르던/얼굴들이
우린/핏줄이/달라요/그럼요/집안이/얼마나/다른데요
순/양아치/혈통하곤/한/방울도/비교할/수/없지요/ㅎㅎ
이랬던/얼굴들이/번들거리는/얼굴들이

어떤 쌈빡한 방법으로
도솔천 시민권을 얻을 것인가
골몰하는 새 입주자들을 떠올린다

그때 그 마당에
나는 어떻게 서있을까 생각한다

엘리베이터 속에서

이름도 고상한 엘리베이터 걸girl이여 이렇게
우리 자꾸만 밑으로 밑으로 내려가다간
코뚜레 끼우는 봉건시대 거쳐
무력만이 길길이 뛰는 수렵시대 지나
까맣게 연기 나는, 타서는 재만 남을
'석탄층입니다, 모두 내려주세요'
이러는 건 아닌지
엘리베이터 걸이여 우리는 무섭다
그대가 무섭다

계기판은 하강 표시에 불이 켜져 있고
입에 칼을 물고 또 한 사람 뛰쳐나갔다
남은 사람들은
무섭거나 무섭지 않거나
서로들 열심히 다투고 있다

맵시도 고상한 엘리베이터 걸이여
오픈open 스위치를 눌러주세요, 네?
머리가 쭈뼛쭈뼛 어지러워요, 네!

아하, 비상 정지 스위치를 먼저

보고만 있을 수 없는
우리 일이 이렇게
밑으로 밑으로
초고속 엘리베이터처럼

그런데 비상 스위치가 어디 있지?

비누의 노래

훔쳐서라도, 한 방울이라도 당신이 제게 물을 가져오신다면, 손끝의 체온이라도 느끼게 해주신다면, 아아니, 너를 꿈꾼 적이 있어 한마디 잠꼬대라도 흘리신다면, 저는 당신의 풍선이 되겠습니다, 손바닥 사이사이 아린 손금까지 안고 날아가는 날개가 되겠습니다.

아아 그렇다고, 저를 완전히 쥘 수 있다는 생각은, 품 안에 가둘 수 있다는 미련은, 저는 미끄러워요, 물을 보면은, 피를 보면은, 더더욱

황태 해장국

한 모금 넘기면
괜찮아, 괜찮아 추울렁 파도가 목젖을 두드린다

숨이 멎을 것 같은 송년회 구석 자리
오대양 육대주를 쏘다니던 내 친구, 그 녀석에게
할퀴었던 심장이며 내장 기관들이

한 숟가락 황태 국물에 부스스 일어난다

차라리
아직 쓸 만하다며 힘이 남아있다며
자랑질이나 할 것이지,

수족관 같은 회사에서 아등바등 헤엄치는 동무들에게
넌 그 나이에 젓가락질이 그게 뭐냐
철 지나도 한참 지난 타박질이나 하는 둥 마는 둥
술잔만 기울이던 그 녀석

그래

그 어떤 말조차도 싸구려 위로였지

퇴화한 지느러미처럼 듬성듬성 머리 빠진 게
어디 네놈뿐이더냐

한 점 황태 살점에선 씹을 때마다 파도 소리가 들린다

지난 세월,
태평양을 휘저으며 키워왔을 명태의 근육들

벼락 맞듯 허걱! 그물에 코 꿰인 후로
바닷물 한 방울 없는 대관령 골짜기에서
눈바람 몽둥이질에 뒤틀리고 쪼그라든 살덩이들

버리고 온 바다가 그리운 만큼
북태평양 짠 내음도 깊어만 간다

눈치 보며 쪼그려있던 위장들이

화알짝 일어나는 아침

또다시 수족관행 버스를 탄다

생일 선물

아내 생일 선물로 현금을 줬다
옷이나 사 입으라고

여자들 옷은 본인이 골라야 한다는 말에
큰맘 먹고 준비한 일이었다

무심코 지내다가
아참, 어떤 옷 샀어 물었더니

줄줄이 아이들 옷가지만 보여 준다

결혼식장이라도 갈라치면
적당한 옷이 없어 이것저것 들추다가
겨우겨우 구색을 맞추곤 했었는데

이번에도 아내 몫은 없다

어차피 일 년에 한두 번 입는 걸 뭐
태연하게 답하는 모습이 얄밉다

배반 아닌 배반을 한 아내가
내지도 못할 화를 내게 만든다

올해도 선물을 주지 못하였다

동행

스스로가 스스로에게 위로를 하는 시간
위로를 받는 시간
모난 세상 살아남느라
고생했다 고생했다
간 쓸개 용케 간수하고 있구나 토닥토닥

비 내리고 어둠 깔리더라도
무섭지 않다 두렵지 않다
그대가 있음으로 더더욱 위안이 되는 시간
위로의 말 한마디 반 음절 콧노래 없더라도

서로가 서로에게 터벅터벅 토닥토닥
시간이 시간에게 터벅터벅 토닥토닥

어버이날

꽃은커녕

중간고사 기간이라고
잔뜩 부어 등교하는
딸내미 뒤를 본다

뾰로통
허무하게

그래 시험 잘 보거라

그게 카네이션이다

개

어찌 그리 짖는가
별들도 깜박깜박 잠드는 밤
빚진 일 없으므로
줄 것도 없고 받을 것도 없다 믿는
사람들의 꿈 곁을
어찌 그리 서성이는가

어둠은
망각을 위하여 파놓은 함정
아픔도 없이 머리 자르고
떠돌이들 곯아떨어졌는데

묵은 빚 갚아야 된다고
빚 받으러 오고 있다고
몇 배 더 민감한 코와
밝은 눈으로 밤을 짖는 개여

함정에 빠지지 않겠노라고
욕심에 빠지지 않겠노라고

우리 매일 다짐했건만

불침번 없는 사람들의 꿈 밖에서
밤새 서성이는 개여
잠 못 드는 개여

거울을 보며
—386을 추억하다

출근길, 넥타이를 매다 보면
보이네
가는 목에 대롱대롱
넥타이 길이만큼 남아있는

꿈과 희망

어제는 부재중
오늘도 부재중인

통일이며 조국,
정의 같은
길 잃은 낱말들

흔들흔들 넥타이에
씨익 웃는 표정 고쳐 매는

기억 잃은 시계추여
쪼그라든 자지여

졸음

그것은
추락에로의 끊임없는 유혹

노래방에서

노래방에만 가면
제일 신나게 노래하는 친구 영.

음정도 박자도
비포장을 달리지만
엔진 소리만큼은
폐부 깊숙이 파고든다

달랑 가방 하나 메고서
고향 떠난 지 십수 년
노가다 판 기웃거리는 신세라지만

한 번도 슬픈 곡조의 노래를
부른 적이 없다

자식새끼 학원도 못 보내는
반지하 신세라지만
노래는 반지하가 아니다

행여 박자를 놓칠지라도
노래를 놓치지는 않는다

웬만한 가수는 흉내도 못 낼
이 세상 단 하나뿐인 음정과 박자로
노래하는 내 친구 영

아리랑 아라리요
마이크만 잡으면,

아리랑 고개를
넘고 또 넘는다

그것도 쉽게
넘는다

비, 별의 눈물

지난밤 가물가물 손짓하던 별들의
눈물이 쏟아지는 창가에서
우리는 다 같이 손을 내밀었으나

유리는 투명하였네

06

황광연   전주 해성고 20회 졸업. 시는 인간의 삶에 있어서
기쁨의 말이고 슬픔의 소리였을 것이다. 그러나
말이 넘치고 시가 조롱당하는 시대에 이르러 시
쓰는 일이 구차해졌다. 밝은 빛에 익숙해지면 우
리는 어둠을 볼 줄 모른다.

조감도
—아해들의 욕하기 놀이

제1의 아해가 세상이 참 야박하다고 욕을 한다.

제2의 아해가 제1의 아해는 수상한 불평분자라고 욕을 한다.

제3의 아해가 제2의 아해는 근거 없이 남을 비난한다고 욕을 한다.

제4의 아해가 제3의 아해에게 남 탓할 자격이 없다고 욕을 한다. 제5의 아해가 제3의 아해, 제2의 아해, 제1의 아해 모두 다 똑같이 시끄러운 놈들이라고 욕을 한다.

제6의 아해가 제5의 아해와 제3의 아해는 옳고, 제4의 아해와 제2의 아해는 틀렸다고 욕을 한다.

제7의 아해가 제6의 아해는 진영 논리로 편 가르기를 한다고 욕을 한다.

제8의 아해가 제7의 아해는 아는 게 없어서 상황을 잘못 판단하고 있다고 욕을 한다.

제9의 아해가 제8의 아해는 아는 게 많아서 그 모양이냐고 욕을 한다.

제10의 아해가 제9의 아해는 원칙도 없고 대책도 없다고 욕을 한다.

제11의 아해가 제10의 아해를 포함해 모두가 다 나쁜 놈들이고 아주 지겹다고 욕을 한다.

제12의 아해가 제11의 아해는 세상 물정을 모르는 책상머리 양비론자라고 욕을 한다.

제13의 아해가 제12의 아해는 도대체 제가 세상을 위해 한게 뭐가 있다고 함부로 남을 헐뜯느냐고 욕을 한다.

13인의 아해는 욕하는 아해와 욕먹는 아해와 그렇게 뿐 모이었소.

세상에서 가장 따뜻한 말

밥하고 있다
밥 차리고 있다
밥 차려놓았다
어머니의 말
학교에 갈 아이에게
직장에 갈 자식에게
먼 길을 떠날 아들딸을 위해
어머니가 마음 깊은 곳
온기를 한가득 담아내어
차려놓은 말
생각해 보면
참 따뜻하고
또 생각해 보면
눈물 나는 어머니의 말

나에게

너는 이름을 얻기 위해
어항으로 들어온 물고기 같아
너의 이름을 불러주니 행복하니
끝내 어항 속에 갇혀서
강과 바다를 그리워하는 너는

나무는 자라서

그 나무도 한때는
한 톨의 씨앗이었고
연약한 새싹이었고
그러다 자라서
어여쁜 꽃이고 열매였다가
마침내 그늘을 만들어
온 세상을 품었지만
빛나고 늠름하였지만

새 씨앗들이 움틀 때쯤
그 나무는
깊은 그늘을 드리워
많은 새싹들에게 절망을 주고,
연약한 나무들에게 분명 그는
무너뜨려야 할 고목이고
기어 올라가야 할
험준한 장벽일 것이다
나무는 자라서

채혈기

이른 새벽에 일어나 피를 뽑는다
그 피를 손바닥 위에 올려놓고 가만히 들여다본다
점심 무렵에 다시 벌써 여러 번째 피를 뽑는다
그 안에 숨어있는 비밀을 찾아내기라도 하려는 듯이
선홍색 한 방울의 피를 뚫어질 듯 바라본다
현기증 나는 늦은 오후에 또 피를 뽑는다
진정으로 궁금하다. 나의 몸이
그 구석구석 촘촘히 뻗어있는 혈관이
그리고 그 속을 흐르는 붉은 액체의 실체가
해 질 녘 서쪽 하늘에서 한 줄기 붉은 실오라기를 뽑아내듯
나는 새끼손가락 끝에다 바늘구멍을 내서
또 한 방울의 피를 뽑는다
문득 하루가 지나고 있다

가을 산

비 내린 가을날
산으로 간다
길은 포근히 젖어있고
낙엽 냄새, 열매 냄새
썩은 낙엽을 뒤집어 보면
부엽토 냄새 피어오르고
땅속에 지렁이는 토실하다
고요한 산속에도
토끼며 멧돼지 부산한 흔적이 있고
청설모는 오늘도 바쁘다
물방울 맺힌 소나무에선
솔잎 냄새, 송진 냄새
송진으로 등불을 밝혔다는
할아버지 옛이야기가
연무처럼 피어오른다
가을 산에 비가 오면
봄여름 울창하던 산의 정기가
습습한 바람에 포자처럼 맺혀
여기저기에 버섯들이 돋아난다

울긋불긋 독버섯, 뾰죽한 싸리버섯
넓죽한 큰갓버섯, 향 좋은 능이버섯
버섯 향이 은은히 감돌기 시작하면
가을 산은 문득 태고의 전설처럼 깊어진다
코끝에 맴도는 그 향은 수만 년 전의 향기,
수억 년 전의 음습한 역사를
나에게 전해 주는 것이리라
비에 젖은 가을 산을 올라
나는 산의 깊고 깊은 역사를 듣는다

등불

허공에 등불 하나 걸려 있다
하얀 등불은
내 마음을 비춘다

어둠이 있어 등불인 그대
허공에 걸린 등불에는
내 손이 닿지 않는다

강물 위의 그대를 바라본다
그대는 내 마음속에서
흔들리다가 흩어진다

그대는 구름과 같아서
바람을 따라 흐른다
바람일 수 없어, 나는 슬프다

내 마음이 허공일 때
등불일 수 없는 그대여
그대 없으면 나 또한 허공인 것을

그대는 오늘도
차고 또 이지러진다
허공중의 그대여

내 친구 정모

그를 처음 만난 곳은 학보사 뒤뜰의 철봉 대였다. 그는 돌아가신 아버지한테서 물려받았다는 군청색의 코트 차림이었고, 스님들의 바랑과 흡사한 그의 책 보따리는 철봉의 반대편에 걸려 있었다. 나는 파울 첼란의 시집을 읽다가, "절망은 말이 되어 개울로 내려갔다"는 구절에 매료되어 허공을 응시하고 있었는데 그 시선의 끝 지점에서 그는 물구나무서기를 하고 있었다. 그는 현란한 철봉 기술을 몇 가지 보여 주더니 "언제 임진각에 놀러 갈래?" 묻고는 대답도 기다리지 않은 채 표연히 사라졌다.

얼마 후 막 군대 간 친구 면회를 갔다. 간신히 차비나 들고 다니던 우리는 빈손이었고, 면회실에서 만난 세 명의 친구는 담배나 한 대씩 나눠 피며 헛헛함을 달랬다. 그런데 정모가 어디선가 통닭과 딸기 등을 잔뜩 들고 왔다. 옆자리 면회 온 가족들에게서 빌려왔단다. 절대 얻어온 게 아니라고.

어느 초겨울에 함께 남대문시장에 월동 준비용 옷을 사러 갔다. 비교적 싼값에 옷을 샀지만 정모는 그것도 비싸다며 쉽사리 자리를 뜨지 않았다. 한 시간이 넘는 질긴 흥정 끝에 그는 2천 원을 더 깎아서, 천 원씩 나누어서 각자 집으로 돌아오는 차비로 썼다.

그는 대학원에서 석사학위를 취득했으나 학교를 떠났다. 행정고시를 준비하다가 회의를 느껴 그만두고, 방송국 PD로 진로를 바꾸었다. 방송국도 1년여 만에 그만두고, 공인중개사 자격을 취득하였다. 하지만 그는 집에서 일 년 내내 하릴없이 놀면서도 공식적으로 부동산 중개를 한 번도 한 적이 없었다.

그와 동문수학했던 친구들은 이제 국회의원, 시장, 대학교수, 변호사 등등 모두들 빛나는 중년의 인생을 살고 있지만, 그는 동네 유지 겸 백수건달로 지내며 동네 사람들을 위한 자원봉사로 40대 중반의 나이를 세월 속에 묻고 있다.

나는 최근 이삿짐을 싸다가 문득 25년 만에 파울 첼란의 시집을 들춰 보게 되었다. "절망은 말이 되어 개울로 내려갔다" 이 시 구절 사이사이에는 책갈피처럼 정모가 고이고이 숨어있음을 알았다. 그는 아직도 저녁 무렵이면 동네 뒷산에 올라가 현란한 철봉 기술을 연마하고 있는지. 임진각 근처 개고깃집에서 친구들을 기다리고 있는지……

정거장

빗속에서의 기다림은 늘 처연하다
시간은 도로 옆 하수관 구멍으로
쉴 새 없이 빠져나가며 흔적을 남긴다
갑자기 쏟아진 빗방울처럼

비 내리는 삶이란 챙기기 시작하면
돈이 많이 드는 법
대개 인생은 허술하기 짝이 없어서
찢어진 우산이나 구멍 난 구두처럼
새는 것이 많거든

허공에 담배 연기를 뿜으며
초조함을 달랜다
막 시간을 무단 횡단한 한 젊은이가
위반 딱지를 떼이고 있다
그의 눈동자는 굳어있다

리어카에서 울려 나오는
최신 유행곡의 강력한 리듬이

젖은 거리를 신세대풍으로 덮어버린다
가벼운 음표들과
낯선 낱말들이 귓속에 가득 들어찬다

문득 한 사내가 우산도 쓰지 않고
지하도 앞을 끄덕끄덕 당나귀처럼 지나가는데
그 뒤를 이어 눈이 번쩍 뜨이는
짧은 치마 긴 다리 한 쌍이 따라간다
모든 관심이 한곳으로 집중되고
일순간 풍경의 초점은 분명해진다

아, 비 맞은 당나귀의 초연함이여
하지만 사람들도 저 치마 속에
새로운 것이 없다는 것은,
다 알고 있을 것이다

남산1호터널을 지나며

30대 후반에 접어들면서
때때로 나는 기나긴 터널 속에
갇혀있음을 느낀다
결혼하고, 아이 낳고
직장 하나 잡아 근근이 살아가면서
새치기를 하거나
샛길로 빠져나갈 한 치의 여유도 없는
외길의 터널 속에 내가 있다

기나긴 터널 속에 접어들면
내 머리카락은 갑자기 곤두선다
전조등을 켜고 터널 끝을 향해
멀리 비춰보지만, 보이지 않는다
밝은 햇살이 쏟아지는 그곳
나는 두 눈을 부릅뜨고
있는 힘껏 액셀러레이터를 밟는다
어떻게든 빨리 벗어나야지
아무리 길어도 어딘가 끝이 있겠지

간혹 터널 속에서 차가 막히기라도 하면
암담해지기 시작한다
되돌아가기엔, 다른 길을 택하기엔
너무 늦은 나이
이곳에 갇혀 내 생이 끝나는 걸까?
내 꿈은 영영 묻히는 걸까?
왜 하필, 그 많은 길 중에서
나는 이 길을 선택했던가?
끝없는 터널 속으로 한 발 한 발

오늘도 걸어가면서
가슴은 막막하다
부실 공사 터널이 언제 무너져 내릴지 모르는데
이곳에 내 삶이 영영 묻히면 어떡하나
전전긍긍하면서

강아지풀

저녁 어스름이 질 때
대화역 근처 산책하다가
무릎께까지 자란 강아지풀이 있어
무심코 한 포기를 꺾었다
백병원 근처 지나다가 문득
생각했다. 내일이면 말라비틀어질
이 한 포기의 풀
어떤 의미의 존재였을까
밤하늘을 아름답게 하는
하나의 별똥별처럼
그 생명은 사라져갈 텐데
그 마지막 모습은 반짝였을까
그의 한때는 푸르름으로 불타올랐을까
건널목 앞에 서서 신호를 기다리는 동안
내 손아귀 속의 강아지풀이
한 개의 해독하기 어려운 고문자처럼
내 머릿속을 맴돈다
몇억 년이 넘는 우주의 시간을 유영하는
하나의 먼지가

내 머릿속에 들어와 맴돈다
여름 한나절 강아지풀에게 주어진
그 푸르름의, 존재의
깊거나 혹은 가벼운 의미는
나와 무슨 상관이 있을까
벌써 집 문 앞에 도착했건만

신촌의 밤에 부치는 제문祭文

모두 잠든 세상
누가 일어나 노래 부르리
하지만 한번 곡을 뽑으면
구천에까지 뻗어가리

그리도 새것이 좋던가
동네 이름도 새(新) 동네
하지만 옛것들은 모두 추억의 공동묘지에
낙엽처럼 차곡차곡 쌓여 가네

독수리 둥지 독다방 창가에는
까마귀도 쉬어가라는 황혼이 내리고
밤새 꺼지지 않는 화려한 네온사인이
허공에 떠도는 주신酒神들을 불러 모으네

서로의 방황을 확인하며
길거리를 떠도는 목탁 없는 동자들
혼 없는 얼굴의 사제들,
시대의 황홀한 성전에서 넋을 잃었네

모든 절정은 많은 곡절 끝에 오는 법

하지만 천둥처럼 왔다가

번개처럼 사라진다네

그대여 절정의 얼굴을 보았는가

아니면 그 뒤꽁무니에라도 매달려 본 적이 있는가

옛적부터 이곳에 살았던 옛 귀신들

내일 새로 태어날 귀신들이여

술 한잔 드시고 흠향하소서

건배!

외식

저녁밥을 먹으러
차를 타고 먼 도시로 간다
비가 내린 초겨울 하늘은
탁한 우윳빛이다
건물들은 뿌연 화산재를 뒤집어쓴 듯
황혼 녘을 향하여 스러져가고 있다
길가의 나무들은
낯선 행성의 가로수 같다
내가 가는 곳이 진정
내가 알고 있는 그 도시인지
혹 나는 지금
다른 별의 다른 시간 속으로 가고 있는 것인지
내 익숙한 일상의 한 꺼풀 위에는 항상
이 낯선 세상이 드리워져 있었던 것인지
저녁밥을 먹으러 가는 길이
낯설고 두렵다

하루가 가네

어제는 어디로 묻혔나
오늘은 어디로 솟았나
생각만 하여도 창망한 세상
눈 비비며 일엽편주를 띄우네

그대는 도대체 어디서 와서
지금 반짝이는가? 묻지 않아도
멀리 구름 사이로
태양은 빛나네

하루가 가기 전에 그대는 모르리
오늘 품었던 꿈이
흐르고 흘러서
어느 강가에서 물거품으로 사라지게 될지

어제 마신 술기운 탓일까
가슴 떨리게 파릇한 잎사귀도
아득한 추락의 오후를 아는 듯
바람에 흔들리네

경영학

입에 풀질하고 살기로 치믄야
경영학까지 배울 거 있나
물건 싸게 사는 법
팔고 남는 거 셈할 줄만 알믄 되지
경영학을 배웠다면
나라 경영은 아니래두
사람 경영은 할 줄 알아야지
혼자서 잘 먹고 잘 사는 일 말고
한 치 앞이 어두운 사람들에게
귀띔은 해주어야지

산책길

초가을 산책을 나선다
길옆 호젓한 나무 의자에
남녀가 앉아서 싸우고 있다

강에서 불어오는 바람이 서늘하다
벚나무 아래 매미 울음소리는
조금씩 가늘고 길어지는 중이다
짙은 그늘 아래 무궁화 한 송이가
깊은 산골의 소녀처럼
해맑은 얼굴로 웃고 있다

잎새에 가려있던 은행나무 몸통이
매끄러운 자태를 조금씩 드러낸다
여름비에 잘 씻겨서 그런지
가을볕에 잘 말라서 그런지
껍질이 반짝반짝 빛난다

멀리 보이는 산자락이 꿈틀거린다
계절이 지나가고 있는 것이다

돌아오는 길에 나는
봄, 여름 동안 피고 진 꽃들을 생각한다
한때 아름다웠지만 그들의 공간에
지금 남아있는 것은 바람뿐이다
그리고 곧 겨울이 올 것이다

길옆 호젓한 나무 의자가
그새 텅 비어있다

사람을 향한 뜨거움

이병철(시인, 문학평론가)

　들불 동인의 시적 지향점은 '인간'이다. 서문에서 밝힌 바 "사람을 향한 뜨거움"이 프로메테우스의 불꽃이 되어, 이들의 시는 37년이라는 세월을 연소하며 여전히 들불로 활활 타오르고 있다. 인간에 대한 사랑과 연민을 착화점으로, 정치적 올바름의 추구를 연료로, 낭만적 총체성 세계 회복의 열망을 산소로 삼아 안으로는 열을 단단히 움켜쥐고 밖으로는 빛을 뿜어온 들불 동인의 시는 '지금, 여기'의 시대적 부름에 대한 소시민 공동체의 문학적 응답이라고 할 수 있다.

　강성일, 김은영, 김정훈, 한영, 김영우, 황광연 이 여섯 시인의 시선은 자본논리의 위계에서 하층부에 자리한 이들, 구조의 폭력에 희생되는 약자들, 집단적 비극에 희생된 이웃들, 그리고 급변하는 시대에 아날로그, 하드웨어와 함께 추방되고 폐기되는 아브젝트abject로서의 '386세대'를 향해 있다. 자연은 인공 자연으로, 인간은 인공지능으로 각각 대체되고, 양극화된 사회가 소수의 유토피아와 절대다수의 디스토피아를 함께 건설하는 2020년의 세계에서 "사람을 향한 뜨거움"은 과연 어둠을 밝히는 등불이 될 수 있을까? 인간의 언 발을 녹이는 화목 난로가 될 수 있을까?

1. 끝에 앉아있는 사람들, 몸 둘 곳은 어디에

드넓은 몽골 초원이 사막으로 변하고 있다. 몽골지리생태연구소의 발표에 의하면 전체 국토의 78.3퍼센트가 사막화되었다고 한다. 강이 마르고 목초지가 사라지면서 가축들이 죽어가고 유목민들의 삶은 피폐해진다. 모래바람이 지나간 초원은 그야말로 황량한 폐허, 유목민들이 흘리는 눈물로는 마른 땅을 조금도 적실 수 없다. 아베 코보는 『모래의 여자』에서 "평균 1/8mm란 것 외에는 형태조차 제대로 갖고 있지 않은 모래, 그러나 이 무형의 파괴력에 대항할 수 있는 것은 무엇 하나 없다. 어쩌면, 형태를 갖고 있지 않다는 것이야말로, 힘의 절대적인 표현"이라고 모래를 묘사했다. 뿔뿔이 흩어진 파편이고 형태조차 갖추지 못했지만 그 무형의 파괴력으로 모래는 모든 것을 갉아 먹는다.

그렇다. 세상은 점점 사막화한다. 사막이 삭막하고 이기적인 각자도생各自圖生 사회의 은유라면, 모래는 파편화되고 개

인화된 인간 존재 양식의 상징이 아닐까. 개인화된 사회는 합리적이고 세련되어 보이지만, 나눔과 희생, 배려라는 공동체의 미덕들을 파괴하며 세상을 황폐화시키고 있다. 혼밥과 혼술과 1인 가구와 독신의 시대, 우리는 모두 1인분의 고독을 안고 저마다의 사막을 헤매는 사람들이다.

인류 문명이 발달할수록 자연과 함께 인간도 파괴된다. 인간은 지구를 사막으로 만들고, 더 파괴할 것이 없어지니 이제 스스로를 사막화시킨다. 소음, 공해, 속도, 물질만능주의가 횡행하는 현대 문명사회는 우리들을 자연에서부터 분리시켜 사막으로 내몰았다. 그렇게 우리는 거처를 잃었다. 우리가 빼앗긴 거처는 '몽상을 지켜주고, 몽상하는 이를 보호해 주고, 우리들로 하여금 평화를 꿈꾸게 해'주던 곳이며, "인간의 사상과 추억과 꿈을 한데 통합하는" 장소였다. 현대인들이 겪는 까닭 없는 슬픔, 이유 모를 불안, 원인 불상의 공황, 무력감, 악몽, 두려운 예감은 모두 거처의 상실에서 비롯된 것이다.

언제나 눈에 띄는 듯 외로운 너
스쳐 지나가는 많은 발걸음들의 질시와 위협 속에
불안하게 사위를 응시하며
차가운 시멘트 긴 복도 위에 몸을 옮겨 놓는 너
너의 흔적은 어디에도 없다
아니, 너의 몸 둘 곳은 어디에도 없다.
　　　　　　　　　　　　　　—강성일, 「버마재비의 오후」 부분

천년만년 거침없이 흐르다가

등 굽은 물고기처럼

꺾여 버린 강물

댐이 폭포일 수 없음에

강물은 흐르지 못하고 추락한다

—김은영, 「청평댐을 지나며」 부분

아파트 옥상

하늘과 땅이 교접하는

피뢰침 끝에

앉아있는 새 한 마리

저 살아있는

솟대

—김은영, 「솟대」 부분

들불 동인의 시에는 거처를 상실하고 외부 세계의 물리적 ·
비물리적 폭력에 노출된 인간 존재의 비극이 동물과 식물 등
자연 대상으로 환유되어 나타난다. 강성일과 김은영의 시를
먼저 읽어보자. 강성일의 「버마재비의 오후」에서 버마재비(사
마귀)는 "많은 발걸음들의 질시와 위협 속에/ 불안하게 사위를
응시"한다. 콘크리트의 시대였던 산업화 근대를 거치며 자연
은 "차가운 시멘트"에 잠식되었다. 예전에는 버마재비를 흔하

게 볼 수 있었지만 녹지가 사라진 이제는 웬만해선 보기 어렵다. 화자는 "몸 둘 곳은 어디에도 없"는 버마재비를 보며 인간의 비극적 미래를 예감한다. 불안에 떠는 버마재비는 곧 인간의 메타포인 것이다. 자연의 상실뿐만 아니라 신자유주의 소비사회가 만든 계층 양극화는 인간으로부터 '집'을 빼앗고 있다. 인간 실존에 있어 '집'의 내밀한 보호와 휴식은 더 이상 허락되지 않는 것이다. 시인은 "새끼들을 이끌고 이른 아침 산책을 즐기던" 멧돼지를 "시끄러운 등산화 발소리로 내쫓아 버렸"(「미안한 나」)던 일을 후회하며 그 자신 인간으로서 인류가 자연에 저지른 폭력을 사과하지만, 이미 늦었다. 이제는 인간이 멧돼지의 비극적 운명을 살아야 할 처지가 된 것이다.

김은영은 이러한 인간의 현재적 비극과 미래적 절망을 "등 굽은 물고기"와 "꺾여 버린 강물"로 형상화한다. 천년만년 유지되었던 인간과 자연의 평화로운 공존은 깨진 지 오래다. 폐수는 강으로 흘러들어 물고기들의 등을 구부리고, 4대강 사업 등 대규모 토목공사는 물길을 막아버렸다. 시인이 "강물은 흐르지 못하고 추락한다"고 했을 때 "강물"은 인류의 역사를 환기시킨다. 이 "추락"의 예감이 일종의 계시적 직관이 되는 순간, 시인은 "피뢰침 끝에/ 앉아있는 새 한 마리"를 "살아있는/ 솟대"로 바꿔내면서 두려움을 잠시 잊고자 한다. 피뢰침 끝에 위태롭게 앉은 새는 오늘날 사상과 추억과 꿈의 거처를 잃어버린 인간의 은유다. 인류는 스스로 불러온 재앙에 의해 아찔하고 위험한 벼랑으로 내몰려 있지만, 인간을 망치는 것이 인간이듯 오직 인간만이 인간을 구원할 수 있으리라는 시인의 믿음이 "솟대"라는 액厄막이 상징물로 형상화된 것이다.

2. 홀로 별이 될 수 없기에

들불 동인은 인간이 인간을 구하리라는 믿음의 구체적 실천이 정치적 올바름에서부터 출발해야 한다고 이야기한다. 타자와의 수평적 관계 맺기, 낯선 이질 대상과의 조화와 융합, 소외된 풍경들을 향한 응시, 사라져가는 것들에 대한 연민, 이분화된 모든 경계의 무화, 경계 밖으로 분리·추방된 것들의 복원, 숨죽이거나 소리를 잃은 것들을 위한 대언, 주체와 세계 사이 인과因果의 설정, 상징과 비유의 화법이 시 쓰기의 본령이자 기율이라면, 시와 정치는 본질적으로 유사할 수밖에 없다. 들불 동인에게 시 쓰기란 정치적 올바름에 대한 지향 의지이자 실천 행위이다. 이들은 37년 동안 사회 및 정치 담론과 시의 상호성에 대해, 인간 보편의 삶과 또 소수적 삶에서 시의 의미와 그 효용의 범위에 대해, 어떻게 하면 시가 정의의 편에 설 수 있을지에 대해 끊임없이 고민해 왔다. 이번 시집에서 들불 동인은 "시가 오지 않는 날들"에 대한 고뇌 끝에 마침내 "민주주의가 시라고/ 선언한"(김정훈, 「겨울왕국, 사람민들레」)다.

불에 태워 죽이고, 굶겨 죽이고
물에 빠트려 죽이고, 굶겨 죽이고
맨몸에 물대포 쏘아 죽이고, 굶겨 죽이고

부일매국 파쇼독재의 망령이 활개를 치는 동토

그 동토 결코 오래지 않으리

　　　　　　　　　—김정훈, 「겨울왕국, 동백꽃 복수초」 부분

　디즈니 애니메이션 『겨울왕국 2』에서는 아렌델 왕국에 갑자기 곤경이 찾아온다. 지혜로운 '트롤'족의 장로는 주인공 엘사에게 "숨겨진 진실이 있다. 그것을 밝혀내지 않으면 아렌델의 미래가 보이지 않는다"고 예언한다. 엘사는 아렌델에 닥친 위기를 해결하기 위해 '마법의 숲'으로 간다. 온갖 난관들을 통과한 후 마침내 찾아낸 진실은 과거 아렌델 왕국이 이웃 소수민족인 '노덜드라' 부족을 침략했다는 사실이었다. 그 사실이 오랜 세월 동안 정반대의 양상으로 왜곡되어 있었기 때문에 상응과 순환의 우주에 불협화음이 발생, 아렌델에 재앙이 온 것이었다. 과거사를 바로잡고, 노덜드라 부족에게 진심 어린 사과와 함께 상생을 약속하고 또 실천한 순간, 아렌델을 뒤덮던 어둠이 사라지고 찬란한 평화가 회복된다.

　김정훈은 어제의 진실을 바로잡으면 잘못 방치된 어제로부터 비롯된 오늘의 "겨울왕국"이 무너지고, 봄이라는 혁명이 끝내 움틀 것이라고 외친다. 그는 세월호 참사, 청와대 국정 농단, 비정규직 노동자 김용균의 죽음, 공권력의 폭력에 희생된 백남기 농민, 5·18 민주화 항쟁, 정치적 타살의 혐의가 짙은 노무현 대통령의 죽음 등 특정 정치 이념 집단에 의해 끊임없이 그 진실이 왜곡 및 호도되고 있는 역사적 사실들을 바로잡고자 한다. 잘못된 것들을 제자리로 돌려놓고, 합당한 애도와

추모, 심판과 처벌, 올바른 의미화를 실현하고자 한다. 사람들을 "불에 태워 죽이고, 굶겨 죽이고/ 물에 빠트려 죽이고, 굶겨 죽이고/ 맨몸에 물대포 쏘아 죽이"는 겨울왕국은 "부일매국 파쇼독재의 망령"을 먹고 자라나는데, "그 동토 결코 오래지 않"으려면 "부일"과 "매국"과 "파쇼"와 "독재"의 오래된 망령들을 처단해야 한다고 목소리를 높이는 것이다.

> 그대 나 홀로 별이 될 수 없기에
> 사는 것이 사랑이라
> 사랑이 사람이라
> 도처에 뒹구는 모가지도 덥석, 그것이 사랑이라
> ―김정훈, 「홀로 별이 될 수 없기에」 부분

> 독신의 동선은 청승과 궁상이 한계다
> 지극히 짧은 거리다
> 더욱 슬픈 일은
> 독신인 자가
> 그 차이를 전혀 모른다는 점이다
> 세상은
> 사랑할 것들이 너무 많아
> 독신인 것은 지독한 이기주의자다
> 그래서 독신일 수밖에 없다
> ―한영, 「독신」 부분

베스트셀러 시집 제목이기도 한 '홀로서기'라는 말은 심각한 오류다. 인간은 결코 홀로 설 수 없다. 타자와 서로 기대어야 만 일어설 수 있다. 마틴 부버는 "나는 너와의 만남을 통해 성숙한 인격이 된다"고 말했다. 타자의 본질적인 이질성을 수용하는 순간, 주체는 자신의 본성이 전환되는 체험을 한다. 옥타비오 파스는 이것을 '치명적 도약'이라고 불렀다. 타자와의 교류를 통한 치명적 도약과 성숙한 연대가 선행되지 않는 한 함성의 혁명이든 침묵의 혁명이든 과거사를 청산하고 새로운 미래로 나아갈 수는 없다고, 들불 동인은 힘주어 말한다.

"그대 나 홀로 별이 될 수 없기에" 우리는 서로 사랑해야 한다고, "사랑할 것들이 너무 많"은 세상에서 "독신인 것은 지독한 이기주의"라고, "도처에 뒹구는 모가지"로 표현된 타인의 고통과 비극마저 "덥석" 끌어안아야 한다고, 그렇게 "고향 마을 이웃사촌 정겨운 이름을 불러가며"(한영, 「부랑자의 노래) 더불어 삶을 실천해야 한다고 소리 높이는 들불 동인의 타자지향적 정신은 '흡수-동화'의 원리로 구성되는 낭만적 총체성의 세계를 꿈꾼다. 그리고 그 총체성의 세계 심층에는 '어머니'로 함의된 유토피아를 향한 근원적 그리움이 있다.

3. 세상에서 가장 따뜻한 말

통조림을 먹고 살지요 통조림만 먹고 살지요
들어보셨나요 펭귄표 꽁치 통조림 맛 좋고

영양 많은 참치 통조림 먹어보셨나요

통째 씹어도 절대 절대 가시 찔릴 일 없는

통조림 그 부드러움 그 편안함에 사람들은

협상을 했는지도 모르지요 요새는 옥수수며 감자

파인애플까지 통조림 통조림 손을 흔들잖아요

곧 밥도 통조림으로 나오겠지요

사랑도 통조림으로 나올 거예요

—김영우, 「통조림」 부분

속도가 지배하는 현대 사회에서 사람들은 "통조림 그 부드
러움 그 편안함"에 "협상을 했는지도 모"른다. 모든 것에 효율
성을 적용하는 현대인들은 인스턴트와 패스트푸드 등 레디메
이드 음식을 선호한다. 김영우의 「통조림」은 비단 음식 문화에
만 해당되는 문제의식이 아니다. 책을 읽지 않는 사회, 스마트
폰과 소셜 네트워크 서비스에 잠식당한 현대인들, 예술과 문
학이 상품화되는 자본주의 시대, 인간의 모든 욕망이 원스톱
으로 충족되는 인스턴트 문명을 향한 성토인 것이다. 요즘 인
문학이 유행이지만 그마저도 상품 논리 안에서 패스트푸드나
단기 속성 과외처럼 소비되는 '겉핥기'에 불과하다. 너무 많은
말과 유행들이 금방 나타났다가 금방 사라진다. 하지만 세상
이 아무리 변하더라도 절대 흔들릴 수 없는 불변의 가치는 존
재하기 마련이다. 아궁이에 군불을 때서 지은 한솥밥을 식구
들이 함께 먹는 「위대한 식사」(이재무)처럼 말이다.

들불 동인의 시에는 음식에 대한 다양한 해석과 의미화의

양상이 나타난다. 가족이나 이웃과 함께 음식을 만들고, 만든 음식을 나눠 먹는 행위는 특정한 외부 세계의 물질을 똑같이 몸속으로 들인다는 점에서 유대와 결속의 의미를 지닌다. 들불 동인은 음식이야말로 시간과 공간을 초월해 보편적 인간의 원형을 함축적으로 담아내는 문화라고 말한다. 음식을 먹음으로써 자아와 타자가 통합을 이루는 것이 자본논리와 구조의 폭력에 의해 위축되고 왜소해진 '인간'을 회복하는 방법이라고 믿는 것이다.

"저녁밥을 먹으러/ 차를 타고 먼 도시로" 가는 사람에게는 "항상/ 이 낯선 세상이 드리워져 있"(황광연, 「외식」)지만, 시골 튀밥집에는 "대형마트에서 만나지 못했던 그리운 얼굴들"과 "동네 골목길에서 말뚝박기하던 친구들이랑/ 고무줄놀이에 인형을 업고 다녔던 계집아이들"이 "깨 껍질 뱉어내며 병 속에 방울져 떨어지는/ 참기름 속에 다 모여있"(강성일, 「튀밥집」)다. 들불 동인의 시에 등장하는 주체들은 음식의 맛을 느끼고 냄새를 맡음으로써 고향이라는 낭만적 총체성의 세계에 대한 기억들을 재생시키는 동시에 타자와 동질성으로 통합된다. 여섯 명의 시인들은 매우 독자적이고 개성적인 인물들이다. 그들의 시에 등장하는 시적 주체들 또한 그러하다. 이 개별화된 요소들을 총체성으로 통합하는 체계가 바로 음식이다. 삶의 방식이 저마다 다른 이들은 음식을 함께 나누며 하나가 된다.

밥하고 있다
밥 차리고 있다

밥 차려놓았다

어머니의 말

학교에 갈 아이에게

직장에 갈 자식에게

먼 길을 떠날 아들딸을 위해

어머니가 마음 깊은 곳

온기를 한가득 담아내어

차려놓은 말

생각해 보면

참 따뜻하고

또 생각해 보면

눈물 나는 어머니의 말

　　　　　—황광연, 「세상에서 가장 따뜻한 말」 전문

　'소울 푸드soul food'에 대한 그리움은 필연적으로 "어머니"를 소환한다. 도시 문명의 레디메이드 음식에 순치된 중년의 사내들은 고향에 계신 어머니로부터 "사방이 얼음주머니에 둘러싸인/ 전골냄비"에 "유년 시절 그리도 잡지 못했던/ 버들치 빠가사리 꺽지 쏘가리"(한영, 「어머님 전 상서」)가 손질되어 담긴 매운탕거리를 받아 들고 아득히 먼 유년의 유토피아를 떠올린다. 그 순간 "기억 잃은 시계추/ 쪼그라든 자지" "가는 목에 대롱대롱/ 넥타이 길이만큼 남아있는// 꿈과 희망"(김영우, 「거울을 보며」)에 따뜻한 위로가 스며든다.

　위 시에서 화자는 "밥하고 있다/ 밥 차리고 있다/ 밥 차려놓았다"던 "어머니의 말"을 그리워한다. "마음 깊은 곳/ 온기를 한가득 담아내어/ 차려놓은 말"을 생각하고 또 생각할수록 눈물이 난다. 이제는 먹을 수 없게 된 어머니의 음식, 그 밥과 반찬의 맛을 곰곰이 되새겨 보면, 따뜻하던 어머니의 품과 가난하지만 행복했던 고향의 유년기가 떠오르고, 꽃그늘 아래 머루 먹고 달래 먹던 동산이며 천렵을 즐기던 냇가가 또 떠오른다. "어머니는/ 그 긴 세월 동안/ 쪼그려 앉아/ 아궁이에 불을 지피며/ 호락질로 김을 매며"(김은영, 「어머니의 시」) 시를 쓰셨다. 어머니의 "밥"은 곧 어머니의 "말"이었던 것이다. 세상의 모든 아름다움을 함축한 시였던 것이다. 들불 동인의 시가 감동적으로 읽히는 이유는 행간마다 "곱다랗게 내리는 봄비 타고/ 그녀가 내려오고 있"(한영, 「봄비 1」)기 때문이다. "당신은 아직도 방울져 스며들어/ 내 몸 구석구석을 돌아다니고/ 계신"(강성일, 「결석結石」) 까닭이다.

2020년 3월 대한민국, 사람들은 전부 마스크를 쓰고 있다. 사람이 사람을 두려워한다. 서로를 오물처럼 여긴다. 눈을 마주치면 하나같이 눈살을 찌푸린다. 사람들은 누구와도 섞일 수 없고 또 섞이기 싫어한다. "타인은 지옥이다"라던 사르트르의 말을 사람들은 이토록 구체적인 현현으로 살고 있다. 바로 지금이야말로 "사람을 향한 뜨거움"이 들불처럼 일어나야 할 때다. 들불 동인은 이 땅의 어머니들이 자식에게 보인 것처럼, 인간에 대한 사랑과 연민만이 사막 같은 세상에 비를 내리고 얼어붙은 겨울왕국을 녹일 수 있다고, "서로가 서로에게 터벅터벅 토닥토닥"(김영우, 「동행」) 솟대 같은 수호신이 되어줄

때 지상의 모든 슬픔을 극복할 수 있다고 노래하고 있다. 그 노래에 귀 기울이는 사이 남도에서부터 벌써 벚꽃 소식이 당도했다.